孟大川 著

鱼凫格律

Yufu
Gelv

四川大学出版社

特约编辑:马　佳
责任编辑:蒋姗姗
责任校对:李金兰
封面设计:墨创文化
责任印制:王　炜

图书在版编目(CIP)数据

鱼凫格律 / 孟大川著. —成都：四川大学出版社，
2018.8
　　ISBN 978－7－5690－2356－5

　　Ⅰ.①鱼… 　Ⅱ.①孟… 　Ⅲ.①诗词－作品集－中国－
当代 　Ⅳ.①I227

中国版本图书馆 CIP 数据核字（2018）第 210561 号

书　名	**鱼凫格律**	
著　者	孟大川	
出　版	四川大学出版社	
地　址	成都市一环路南一段 24 号（610065）	
发　行	四川大学出版社	
书　号	ISBN 978－7－5690－2356－5	
印　刷	郫县犀浦印刷厂	
成品尺寸	170 mm×240 mm	
印　张	19.25	
字　数	231 千字	
版　次	2018 年 8 月第 1 版	
印　次	2021 年 1 月第 2 次印刷	
定　价	78.00 元	

◆ 读者邮购本书,请与本社发行科联系。
　电话:(028)85408408/(028)85401670/
　(028)85408023　邮政编码:610065

◆ 本社图书如有印装质量问题,请
　寄回出版社调换。

◆ 网址:http://press.scu.edu.cn

当代情怀的格律表达

——孟大川《鱼凫格律》序

我一直认为,创作格律诗与词是"戴着脚镣跳舞"。平仄、对仗、押韵等格律和不同词牌格式化地规定了诗词创作的形式选择,这是喜爱古典诗词的人无法摆脱的"宿命",是戴在身上的并非闪耀着金光的镣铐,或许这"镣铐"显得"锈迹斑斑",仿佛一件件青铜般的"文物"。然而,古典诗词的巨大魅力正在这里:有限的形式具有无限的审美能力,简短的格制蕴含丰富的内容变化,旋律般的音韵激荡着内心感知世界的回响,约束下的诗笔都能挥洒出搅天撼地的舞姿,冲破字词规定性而穿越时空,赋予诗词以灵动、互动、变动的生命力。谁能掌握诗词格律,谁才能在鼓面上舞蹈,把"镣铐"当作别有情调的乐器,演绎华彩的艺术乐章。正所谓"只有限制才有自由,只有自律才能他律"。一般而言,诗人多狂狷、多任性,少约束、少戒律。但对古典诗词创作而言,却必须严守创作"规矩",来不得胡写乱涂,毫无章法。这种源远流长的诗词定法,让不少诗人或望而却步,或不依陈规,或率性而为,离格律词牌的严格规范相去甚远,成为毫无章法的顺口溜、押韵体。

有意思的是,作为法学教授的孟大川却对古典诗词情有独钟。他在《诗词格律与守法意识》一文中以独特的认知视角,分析了"格律"与"法律"的相通之处。他认为,写作格律诗"如同遵守法律规范一样，如果违反其规范，就是违法。可以说，古典格律诗（词、联、赋）的规则就是古代文人约定俗成或国家认可（如钦定词谱）而需要自觉遵守的在诗词写作上的法律规范"。他深刻地认识到："诗词格律可以培养人的自觉守法意识。"古典诗词能培养一丝不苟的精神，而"理解与遵守法律法规同样需要精细化态度"。从守法守规角度认知格律诗词，是孟大川孜孜以求的创作实践。

这本收录300余首的《鱼凫格律》，就是孟大川近年来的创作收获。该书分为人文景观、自然风光、人生感悟、时政抒怀、法治诗考、域外风情、诗友唱和及赋八个篇章，以一位当代法学教授的文学视野去观察、分析、思考所见所闻所感，且将这种胶着着法理与文理的诗情诗意熔铸在规范的古典格律诗词之中，其用字的推敲、平仄的考究、韵律的安排，都一丝不苟地遵循格律和词牌的基本要求，绝不信手涂鸦、乱用字韵。一字一韵皆有所本，而读来又不佶屈聱牙，既有时代内容，又有内心体验，实属不可多得的古典诗词佳作。

孟大川具有法律和格律双重思维特点，他写景写文注重透过事物的表象挖掘其意味，使物象上升为诗词意象。《游包公祠》咏叹："原来黑脸实英俊，直令群臣应汗颜。"脸黑并非不美，正义正气使"黑脸"更具威慑力而显得英俊而帅气。他在《访李白故里》写道："情随酒醉骚人爽，云伴诗飘韵味浓。万古江山吟妙句，千年华夏颂谪翁。"其对仗之工整、平仄之规范、韵体之合辙，可见一斑，此诗高度概括了诗仙的为人及历史贡献。在《苏堤吟》中，他写道："千年绝唱无穷韵，百姓丰碑万户侯。淤土筑堤勤疏浚，为民请命善谋筹。"把苏轼在杭州的丰功伟绩描写得简明而深刻，为官当如东坡，才可能"风正官清赞未休"，很有现实针对性。

孟大川不仅对七律有娴熟的写作技巧，而且对五律写作也别有格调。他的《笔墨东方》对第四届成都国际非遗节的中国书法艺术大展情有独钟，"银钩铜画劲，凤舞龙飞狂。落纸疾脱兔，行云染紫光"。中国书法之美在诗人笔下转化成诗意之趣。他在《四川盆景节》中描摹川派盆景特色，"鸟宿云中树，虬曲庙下崖。微石披日月，尺土秀国家"，颇有微缩景观的画面感。其《七绝·踏歌蒲江》之一写《成新蒲快速通道》，"满耳秋声起舞听，双眸金色踏歌行。城乡路网成一体，归去来兮似短程"，把现代交通所带来的快捷及心理体验描写得生动畅快，如在目前。

读孟大川的诗词，似乎忘却了他法学教授的身份，一位熟练运用古典格律的当代歌者形象在眼前浮现。他热爱生活、乐于思考、善于表达，对周遭一切皆以真善美标准衡量之，字里行间充满正能量。年已六十的诗人，对人生自有独特感悟，他以词体形式传递别样人生认知。《十六字令·忙》，"忙，煞费痴心著论章。寻蹊径，路难觅星光""忙，力尽精疲自复伤。生存业，劳累效忠良"，一个在"忙"中虽身心疲惫却乐在其中，事业有成的苦斗者形象跃然纸上。《十六字令·羊》读来别有情趣，"羊，峭壁悬崖欢悦忙。如平地，阔步闯山梁""羊，吃草予人肉奶香。知恩报，跪乳也流芳""羊，尔雅温文克虎狼。厌争斗，乐观便安康"，这八首以"羊"为题材的十六字令，写出了有关羊的典故、品质、气韵，实在是拟人化的精神写照。

孟大川始终以当代歌者的视角去观察生活并把这些生活事象高度浓缩在格律诗和词阙之中，如"何惧舟车互挤拥"的春运，"踏歌起舞气息畅"的广场健身队，"南洋月，杳无音讯，马航诀别"的 MH370 航班失踪事件，"笔下辟天地，舌上见奇功"的教师节有感等。诗人因有法律知识背景，而对时政反腐等问题尤为关注，写下了"改革开放礼赞"、钓鱼岛、抗震救灾、蜀中洪灾等现实题材，体现了一位有热情、有良知、有正义感的中国知识分子的书写责任。他在《卜算子·嫦娥奔月》中热情讴歌中国探月工程嫦娥三号圆满成功，"奔月梦千年，今日初实现。玉兔嫦娥皓魄玩，回首家园远。桂酒醉英雄，后羿拥神箭。科技强国慰五洲，倭寇阴魂断"，其爱国情怀溢于言表。

　　手捧孟大川先生的诗词，强烈感受到中国古典诗词对人生观、世界观、审美观的重大影响，可以说古典诗词的格律和文法已如他的法律专业一样融入他的血液和眼光之中。诗词与法律这二者的"格制"和"规矩"如此水乳交融地统摄为一体，实在是有趣有意味的书写与表达现象。由此，我真切感知到，艺术的魅力、审美的价值是可以渗透到一切领域，融化在一切人身上——只要我们具有这种坚定而执着的"诗意信仰"，就能以诗词净化一切、纯洁一切，在"诗意生活"中做一个灵魂自由而德行高标的"人"，大写的"人"。唯如此，祝福孟大川的"格律人生"更加丰富精彩。

　　是为序。

李明泉
四川省社会科学院副院长
二级研究员
四川省文艺评论家协会主席
四川省中国现当代文学研究会会长

2015 年立秋
于成都百花潭

诗词格律与守法意识①

　　古典诗词中的格律诗，又称近体诗或今体诗，讲究平仄、对仗和押韵的规则，如果违反了其规则，则为出律、出韵、失对、失粘、孤平等违规行为。这如同遵守法律规范一样，如果违反其规范，就是违法。可以说，古典格律诗（词、联、赋）的规则就是古代文人约定俗成或国家认可（如钦定词谱）而需要在诗词写作上遵守的规范。

　　"没有规矩，不成方圆"。格律诗的平仄、对仗和押韵的规则，应当是一种难能可贵的文学法制现象，是法律意识在觉醒的文人心中的萌动。

　　我们这代人，并不缺少诗词的文学熏陶，许多人都能背诵《毛主席诗词》，大多受过天津小靳庄"赛诗会"的感染。但是恰恰缺乏遵纪守规的习惯传承，没有多少人继承毛主席在诗词写作中的守法意识。时常遇见一些朋友，拿出诗词来示人，但一看就是打油的四言八句。一些老人也时常写些"老干体"诗词，有的随意打上律诗或词牌，有的忽略了填词、写对联也有平仄规划，规则意识比较淡薄。我在读初中时，语文老师就给我们讲授《七律·长征》的平仄格律，由此获得了格律诗的启蒙教育。

　　近几年，压力稍小，便开始学写古典格律诗词。虽蹒跚学步，捉襟见肘，但也乐在其中。但更重要的是，这种业余

---

① 注：本文被"诗词吾爱网""论诗"栏目推荐阅读。

爱好恰恰与本人的法学教研与法律实务的专业特性不谋而合，大有异曲同工之妙。

诗词格律可以培养人的自觉守法意识。写格律诗如同说话做事一样，凡是说话做事都得想一想，这话这事是否违规、是否出格、是否侵权？这不同于那些自由奔放、勿须平仄、不讲声韵的表达。因此，长期的平仄、对仗、韵律的思维训练与写作习惯培养，可以让人的思想恪守规则意识，让人的行为遵从法律规范，从而增强自身的守法意识。

诗词格律可以培养人的一丝不苟精神。声调的平仄、词性的对仗、韵律的选择，需要一丝不苟的精细化态度，才能不出律、不出韵，才能取得"僧敲月下门"的效果。长期的字斟句酌，可以培养出一丝不苟的精神。理解与遵守法律法规同样需要精细化态度，否则"差之毫厘，谬以千里"。

诗词格律可以培养人的潜心攻关精神。像曹植七步吟诗的旷世奇才毕竟是凤毛麟角了。凡夫俗子们更多的需要"吟安一个字，捻断数茎须"的功夫，只有潜心静气、淡泊宁静，才能功到自然成。同样，只有清廉淡泊，才能守住法制的底线，自觉抵制腐败对权力的诱惑与侵蚀！

基于此，本书除早期的一些诗词使用新韵外，大多为平水古韵，并力避文字的重复。在此，特感谢成都诗词楹联学会傅雨林（雨梦）先生对本书的悉心指点！感谢著名文艺评论家李明泉教授拨冗作序，对格律诗的肯定与支持！

一个民族的规则意识、法治意识，需要从各个领域全方位地培养与积淀。

孟大川

于成都温江

目　录

壹　人文景观

目录

贰　自然风光

目
录

叁　人生感悟

目录

目录

肆　时政抒怀

伍　法治诗考

陆　域外风情

柒　诗友唱和

捌　赋

壹 人文景观

七律　访朱德故居[①]

人文仪陇正逢春，久仰英雄谒帅魂。
官帽岭前无富贵，红星山顶有忠贞。
临风赤纛当空舞，寻梦足音满耳闻。
敦厚清廉严律己，羞煞贪腐弄权人。

孟大川　摄于仪陇

---

① 朱德故居门前的官帽山酷似宋、明两个朝代的官帽。官帽山前有朱德元帅故居，山后有号称川北首富的丁家大院。航拍者发现朱德故居所在的琳琅山形似一个巨大的五角星。

七律　访李白故里①

心动车疾趁好风，太白故里觅仙踪。
情随酒醉骚人爽，云伴诗飘韵味浓。
万古江山吟妙句，千年华夏颂谪翁。
星河浩渺唯夺目，力士脱靴社稷隆。

---

① 李白故里位于四川省江油市。李白，字太白，其生地尚无确说，但一般认为唐剑南道绵州（巴西郡）昌隆，后避玄宗讳改为昌明，今四川省江油市为其故乡；又因李白在湖北安陆居住十年之久，并在湖北安陆与高宗时的宰相许圉师孙女结婚，所以，湖北安陆也被后人认为是李白的第二故乡。

七律　游杜甫草堂①

工部孤舟久不归，唯留茅舍掩楼围。
浣溪有意流新韵，秋气无情毁草帏。
漫卷诗书穷亦乐，未逢时运命难违。
人间疾苦声声泣，大庇寒民冀暖晖。

---

　①　杜甫草堂博物馆位于四川省成都市，是中国唐代大诗人杜甫流寓成都时的故居。杜甫先后在此居住近四年，创作诗歌240余首。唐末诗人韦庄寻得草堂遗址，重结茅屋，使之得以保存，宋元明清历代都有修葺扩建。草堂建筑古朴典雅，园林清幽秀丽，是中国文学史上的一块圣地。

壹

人文景观

七律　游包公祠[①]

历代倾朝衮衮官，几人青史美名传？
辞职尽孝十年静，嫉恶伐贪一世廉。
砚岛破潜成铁面，陈州救赈斗威权。
原来黑脸实英俊，直令群臣应汗颜。

---

　①　包公祠是为纪念中国古代著名清官、政治改革家包拯而恢复重建的，其坐落在河南省开封市包公湖西畔。包公祠由主展区、园容景区和功能服务区三部分组成。主展区有大殿、二殿、东西配殿、回廊、碑亭、大门、二门等，陈列包公铜像、铜铡及包公断案蜡像、包公史料典籍、《开封府题名记》碑、碑文等。

七律　咏开宝寺铁塔①

褐色琉璃浑似铁，傲然突兀近千年。
群芳摇落身独正，孤影徘徊气自娴。
承载人间朝野愿，祷祈社稷众生安。
中原紫气来天地，北望王宫盼梦圆。

----

① 铁塔位于河南省开封市北门大街铁塔公园的东半部，始建于公元 1049 年（北宋皇祐元年），是 1961 年中国首批公布的国家重点保护文物之一，素有"天下第一塔"之称。因此地曾为开宝寺，又称"开宝寺塔"；又因遍体通彻褐色琉璃砖，混似铁铸，从元代起民间称其为"铁塔"。开宝寺铁塔是土砖所造，极具农业社会属性；法国的埃菲尔铁塔是钢铁所造，凸显工业社会特征。

七律　游清明上河园①

梦回北宋赶清明，错把开封当汴京。
市井旗飘人攒动，车楫客涌马嘶鸣。
招摇小贩呼街巷，吆喝亲朋伴酒令。
商贸繁荣实古老，反思落伍应中兴。

---

①　清明上河园是由河南省开封市人民政府与海南置地集团公司合作建设的一座大型宋代文化实景主题公园，坐落在开封市龙亭湖西岸，是国家首批 AAAAA 级旅游景区和中国非物质文化遗产展演基地。清明上河园是以宋代画家张择端的写实画作《清明上河图》为蓝本，以宋朝市井文化、民俗风情、皇家园林和古代娱乐为题材，以游客参与体验为特色的文化主题公园，再现了千年古都汴京繁华的胜景。

七律　元阳梯田①赞

先民裁镜饰山川，银影金波万顷田。
神造慧思农业美，霞帔雾恋梦乡缘。
如梯阡陌通云顶，胜宝渠流涌福泉。
美景粮仓皆艺术，欢娱为地食为天。

孟大川　摄于云南元阳

① 元阳梯田位于云南省元阳县的哀牢山南部，是哈尼族人世世代代留下的杰作。元阳梯田是红河哈尼梯田的核心区。元阳哈尼族开垦的梯田随山势地形变化，因地制宜，坡缓地大则开垦大田，坡陡地小则开垦小田，甚至沟边坎下石隙也开田，因而梯田大者有数亩，小者仅有簸箕大，往往一坡就有成千上万亩。

七律　潼南大佛寺①

潼南城外大佛高，八丈金仙旺火飘。
祥目慈眉传法意，依山面水慰蓬蒿。
翠屏秋月形如故，石磴琴声响似涛。
庙宇庄严诚礼拜，善男信女愿皆了。

---

① 潼南大佛寺位于重庆市潼南区城西一公里的定明山下。大像殿内，依崖而凿的释迦
牟尼佛坐像，慈眉祥目，脸颊丰满，依山面江，赤足端坐，周身贴金，光彩熠熠，俗称"八
丈金仙"，是我国第一大金佛，世界第七佛。大佛寺左侧岩壁中央有一团与四周颜色迥异的
橙黄色石纹，组成了一个椭圆形的清晰月影，无论岩石如何风化剥落，其月影依然如故。古
人题为"翠屏秋月"。七情台又称"石磴琴声"。42级宽大的石磴，摩崖而凿，宛若42根琴
弦，当游人拾级而上时，脚下便会发出"咚咚"的琴音。

七律　成都宽窄巷子①

旧巷宽狭贯古今，少城轶事似烟云。
长街路挤弥商气，小院茶香侃秘闻。
美女俊男一瞬老，达官显贵几番新。
往昔仆主皆何在，谁是成都本地人？

①　宽窄巷子位于四川省成都市青羊区长顺街附近，由宽巷子、窄巷子、井巷子平行排列组成，全为青黛砖瓦的仿古四合院落，这里也是成都遗留下来的较成规模的清朝古街道，与大慈寺、文殊院并称为成都三大历史文化名城保护街区。

1718年，清政府在平定了准噶尔之乱后，选留千余兵丁驻守成都，在当年少城基础上修筑了满城。民国初年，当时的城市管理者下文，将"胡同"改为"巷子"。20世纪80年代，宽窄巷子列入成都历史文化名城保护规划。

七律　成都锦里^①

休闲老巷泡蓉城，西蜀民俗妙趣生。
酒肆茶楼听戏艺，小吃美味品知名。
思贤水岸婵娟恋，怀古祠堂百姓盈。
时尚依然爱陈迹，锦官千载也年轻。

---

① 传说中锦里曾是西蜀历史上最古老、最具有商业气息的街道之一，早在秦汉、三国时期便闻名全国。现今，锦里占地 30000 余平方米，以明末清初川西民居作外衣，三国文化与成都民俗作内涵，集旅游购物、休闲娱乐为一体，被称为成都版清明上河图。

七律　宜居成都①

天下城池各异同，宜居首善数蓉中。
四时气候鲜寒暑，百味佳肴喜叟童。
茶肆休闲人自乐，坦途纵横意皆通。
家园何必原生地，久不思归也汉雄。

人文景观

---

　　① 成都，简称蓉，四川省省会，中国五大战区之一的西部战区司令部驻地，西部地区设立外国领事馆数量、开通国际航线数量最多的城市，联合国教科文组织命名的世界美食之都。成都是国家历史文化名城、中国最佳旅游城市和南方丝绸之路的起点、"十大古都"之一，约在公元前5世纪筑城，西汉时已成为中国六大都市之一，三国时期为蜀汉国都。北宋年间成都人联合发行世界最早的纸币——交子，官府在成都设立世界最早的管理储蓄银行交子务。

七律　仰王光祈[①]雕像

恒星闪耀暖寒空，报国精英济世穷。
民族乐章开首论，少年中国鼓新风。
鱼凫箫笛音犹在，华夏晨钟韵更隆。
莫叹伯牙弦已断，高山流水忆祈翁。

---

① 王光祈（1892—1936），中国音乐学家、社会活动家，生于四川温江。1914年到北京，入中国大学攻读法律，同时任职于清史馆，并先后担任成都《四川群报》驻京记者和北京《京华日报》编辑。1918年，王光祈与李大钊、曾琦等发起组织"少年中国学会"，被推为该会执行部主任。1919年底，在陈独秀、蔡元培、李大钊等支持下，又创建"工读互助团"。1920年，赴德国留学，先学德文和政治经济学，并兼任《申报》《时事新报》《晨报》的驻德特约记者。1922年起改学音乐，在柏林从私人教师学小提琴和音乐理论。1927年，入柏林大学攻读音乐学。1932年起任波恩大学中文讲师。1934年，以论文《中国古代之歌剧》（今译《论中国古典歌剧》）获波恩大学博士学位。

七律　过杭州湾跨海大桥^①

长虹卧海映朝晖，世界桥梁翘楚归。
动静交融任浪漫，水天一色浸芳菲。
游人似在仙乡走，车驾如同箭矢飞。
喜看神州多巨匠，民族筑梦渐崔巍。

---

① 杭州湾跨海大桥是一座横跨中国杭州湾海域的跨海大桥，北起嘉兴市海盐郑家埭，跨越宽阔的杭州湾海域后止于宁波市慈溪水路湾。

七律　仰上海东方明珠塔[①]

傲然上海浦江东，惯看环球变幻风。

坐地比肩经贸厦，倚天鸟瞰万国宫。

悉知时代飞千里，虚拟星河链百盟。

顺应民心图发展，不甘衰落有英雄。

---

① 东方明珠广播电视塔是上海的标志性文化景观之一，位于浦东新区陆家嘴，塔高约468米。该建筑于1991年7月兴建，1995年5月投入使用。

七律　观溪口蒋介石故居[①]

奉化青山绿水中，钟灵毓秀孕枭雄。
文昌院内读书影，武岭门前下野公。
戎马一生神体累，折兵千旅运程凶。
不知治政民心重，便剩空楼笑尔翁。

　① 蒋介石故居，位于浙江省宁波市奉化区溪口境内，1996 年 11 月国务院公布其为第四批全国重点文物保护单位。

壹

人文景观

七律　岳王庙①

西湖岸畔颂歌闻，岳氏英名传古今。
一代忠良扶社稷，几头奸佞跪人民。
微风细雨乡亲泪，古柏香花壮士魂。
仰看长天朗朗日，是非善恶总分明。

---

① 岳王庙位于西湖西北角，北山路西段北侧。岳王庙是历代纪念抗金英雄岳飞的场所，始建于1221年，明景泰年间改称"忠烈庙"，经历了元、明、清、民国，时兴时废，代代相传，一直保存到现在。

七律　苏堤吟①

遥想东坡大风流，如诗政绩写杭州。
千年绝唱无穷韵，百姓丰碑万户侯。
淤土筑堤勤疏浚，为民请命善谋筹。
天堂福祉多期盼，风正官清赞未休。

---

① 公元 1090 年，诗人苏轼任杭州知州时，疏浚西湖，利用浚挖的淤泥构筑的堤坝历经后世演变而形成如今的杭州西湖苏堤——杭州人民为纪念苏轼浚湖筑堤的政绩，就将这条南北长堤称为苏堤。春日之晨，六桥烟柳笼纱，几声莺啼，报道苏堤春早，有民谣唱道，"西湖景致六吊桥，一株杨柳一株桃"，西湖十景中的苏堤春晓就此得名。

七律　平遥日升昌票号[①]

专营票号起山西，汇兑钱钞数第一。
智慧晋商集垒土，金融资本创宏基。
首家巨贾发达梦，十亿神州复兴旗。
天下皆通人气旺，需逢发展好时机。

---

① 日升昌票号位于山西省平遥县西大街日升昌票号旧址，1995年建馆开放，前身为"西裕成"颜料庄，财东李大全和掌柜雷履泰于清道光四年出资30万两银改营，是中国第一家专营存款、放款、汇兑业务的私人金融机构，以"汇通天下"著称于世。

七律　登岳阳楼[①]

萧瑟寒风送晚秋，巴陵胜状数名楼。
依栏宠辱皆离脑，逐浪清浊尽入眸。
进退骚人忧乐共，祸福迁客喜悲留。
洞庭浩瀚容千水，满眼洪波万古流。

---

　　① 岳阳楼位于湖南省岳阳市古城西门城墙之上，下瞰洞庭，前望君山，自古有"洞庭天下水，岳阳天下楼"之美誉，与湖北武昌黄鹤楼、江西南昌滕王阁并称"江南三大名楼"。岳阳楼作为三大名楼中唯一保持原貌的古建筑，其独特的盔顶结构，体现了古代劳动人民的聪明智慧。北宋范仲淹脍炙人口的《岳阳楼记》使岳阳楼之名更盛。

七律　滕王阁①吟

鸿儒十四序名楼，妙语惊涛万古流。
画栋雕梁几重建，抒怀骈体永珍留。
齐飞霞鹜江山美，残照桑榆志士忧。
可叹俊才时运舛，雄文秀榭渡千秋。

孟大川　摄于滕王阁

---

①　滕王阁，与湖北武汉黄鹤楼、湖南岳阳楼并称"江南三大名楼"，列三大名楼之首，位于江西省南昌市西北部沿江路赣江东岸，始建于唐朝永徽四年。贞观年间，唐高祖李渊之子、唐太宗李世民之弟李元婴曾被封于山东滕州故为滕王，且于滕州筑一阁楼名以"滕王阁"（已被毁），后滕王李元婴调任江南洪州（今江西南昌），因思念故地滕州而修筑了著名的"滕王阁"，此阁因王勃一首《滕王阁序》为后人熟知，成为永世的经典。

七律　登黄鹤楼①

登楼送目楚天秋，唐韵秦风一望收。
崔颢题诗遗趣在，岳飞饮马壮心酬。
桥虹群跨吞云梦，鹤影高翔瞰扁舟。
碧水柔情江汉美，乡愁何必下扬州。

---

①　黄鹤楼位于湖北省武汉市长江南岸的武昌蛇山之巅，享有"天下江山第一楼""天下绝景"之称。黄鹤楼是武汉市标志性建筑，与晴川阁、古琴台并称"武汉三大名胜"，也与湖南岳阳楼、江西南昌滕王阁并称"江南三大名楼"。黄鹤楼始建于三国时代。唐代诗人崔颢在此题下《黄鹤楼》一诗，李白在此写下《黄鹤楼送孟浩然之广陵》，历代文人墨客在此留下了许多千古绝唱，使得黄鹤楼自古以来闻名遐迩。

七律　西江千户苗寨^①

唇齿相依吊脚楼，恢宏气势漫山头。
夜临星汉逢仙女，昼染霞辉入彩流。
琼阁笙歌长桌醉，瓦房苗寨梦乡游。
西江千户真遗产，锦绣村庄养眼眸。

---

① 西江千户苗寨在贵州省雷山县东北部，是一个完整保存苗族"原始生态"文化的地方，由 10 余个依山而建的自然村寨相连成片，是目前中国乃至全世界最大的苗族聚居村寨。西江千户苗寨是一座露天博物馆，展览着一部苗族发展史诗，成为观赏和研究苗族传统文化的大看台。西江有远近闻名的银匠村，苗族银饰全为手工制作，其工艺具有极高水平。

七律　五台山[①]

佛教名山首善区，群峰百庙隐禅机。
三千僧众虔诚诵，十万游人络绎祈。
厚土皇天存毓秀，善男信女许灵犀。
从来忠孝修成果，此乃真经可大吉。

① 五台山位于山西省忻州市五台县境内，位列中国佛教四大名山之首，与浙江普陀山、安徽九华山、四川峨眉山，共称为中国佛教四大名山。

七律　彭镇老茶馆^①

信步回身卅载前，依稀往事未如烟。
粗茶浓淡浇愁绪，竹座炎凉续爱怜。
只恋秦朝残迹景，不闻魏晋入时仙。
卑微贫贱堪知足，几缕阳光便释然。

孟大川　摄于双流区彭镇

---

①　老茶馆位于川西平原的成都市双流区彭镇老街上，老茶馆自然是老木瓦房，无店名、无招牌。

七律　罗城古镇①茶肆

船型古老美罗城，风雨千年育众生。
牌语喧声忙活计，粗茶品味话私情。
铜壶水煮寒凌暖，笑脸冰融利益争。
非故即亲多缘分，休闲商贸半农耕。

① 罗城古镇，距乐山市 60 公里，距犍为县城 25 公里，居住着汉、回、彝、满、藏、黎、苗 7 个民族的群众。古镇主街凉厅街俗称"船形街"，始建于明代崇祯元年。时至今日，这条幸存下来的老街仍保留着部分明清时期四川文化的人文风貌。

七律　访水磨^①新貌

深山古镇美村城，浴火重生百废荣。
羌藏民居紫气涌，楼房新景彩云迎。
佳人含笑留遐想，酒肆开轩舞善旌。
雨爽风清长寿地，徘徊仙境忘功名。

---

①　汶川县水磨镇在地震中凤凰涅槃，浴火重生。水磨镇的重建一改古镇建设大同小异的弊端，以其鲜明的藏羌建筑风貌展现于世，成为灾后重建的有口皆碑的国家 AAAA 级著名风景旅游景区。全球人居环境论坛理事会授予水磨镇"全球灾后重建最佳范例"。

七律　访陈家桅杆①

深深陈宅秘如帷，人去房空几劫危。
恒产若山徒富贵，功名似草必枯萎。
主公后代今兴否，双斗桅杆昨赏谁。
百载沧桑风雨洗，唯留古树叶葳蕤。

① 陈家桅杆位于成都市温江区寿安乡天鹅村，系清代咸丰年间翰林陈宗典及其子武举陈登俊经年营建，始建于清同治三年，经八年竣工，是一座集住宅、宗祠、园林于一体的综合性庭院式建筑群。整个建筑组合精巧紧凑，布局大方合理，具有清代特色，院内建筑为穿斗式木结构，门前原竖立双斗桅杆，故俗称"陈家桅杆"。

壹

人文景观

七律　福建土楼①赞

疑是飞碟自九天，贵族部落聚凡间。
几回地震任摇曳，数百宗亲共苦寒。
壁画楹联文蕴厚，农家商贾礼德贤。
造型艺术多神秘，和睦东方伊甸园。

---

① 福建土楼，因其大多数为福建客家人所建，故又称"客家土楼"。土楼产生于宋元，发展成熟于明末、清代和民国时期。福建土楼作为福建客家人引为自豪的建筑形式，是福建民居中的瑰宝。同时又糅进了人文因素，堪称"天、地、人"三方结合的缩影。数十户、几百人同住一楼，反映客家人聚族而居、和睦相处的家族传统。因此，一部土楼史，便是一部乡村家族史。土楼的子孙往往无须族谱便能侃侃道出家族的源流。

七律　田园绿道^①

羊肠小道返璞真，村野田禾分外亲。
溪澈风清濯肺脑，草香花艳爽身心。
莫愁前路知音少，更喜来人妙句新。
驻马沏茶儒友聚，农家腊酒笑浊浑。

---

① 绿道源自发达国家，是一种连接公园、自然保护地、风景名胜区和历史古迹等可供行人和骑车者进入的绿色空间通道。2010 年成都市开始修建健康绿道，现在成都已经建成了多条健康绿道，如温江绿道、锦江绿道、沙西绿道、双流绿道等。

七律　游彭祖山[①]

寿翁彭氏隐名山，长命生存八百年。
调和阴阳成始祖，追随日月守天然。
食羹妻众皆如道，晨练昏修可为仙。
万岁从来归空想，千秋毁誉笑痴眠。

---

① 彭祖山，原名仙女山，古称彭亡山、彭女山。因彭祖及其女儿在此生息，修炼成仙
而得名，位于四川省眉山市彭山区。据传是商贤大夫彭祖故里和安葬地，有彭祖墓等景点。

七律 公园即景（二首）

一

谁道桃花最可怜，人生四季有春天。
含情美目传私话，静坐白发忆当年。
书报知悉环宇事，丝竹叙说百家言。
休闲快乐平民梦，少长咸宜盛境宽。

二

云捧斜阳夕照明，园中湖畔自多情。
黄昏人乐歌无意，拂晓花香足有声。
体动晚晨身板健，神通天地气场生。
微风吹皱清池水，荡漾春心好壮行。

七律　观兰花展

不因幽壑出生贫，馥郁冲天富贵身。
淡雅娇羞春色重，清纯妩媚美颜真。
已将蕙质安骚客，且把芳心赠路人。
甜靥半含高洁意，香风晓露笑红尘。

七律　春日人像摄影①

摄友如蜂采蜜忙，桃花人面泄春光。
绿簇佳丽芬芳涌，心醉玲珑浪漫狂。
秀色卡存生画意，仙姿镜掠溢天香。
世间三月韶华好，潇洒珍时莫彷徨。

---

① 摄友相邀，齐聚柏萃，人面桃花，摄郎如蜂。

七律　登嘉峪关①

雄关虎踞镇狼烟，望断天涯盼梦圆。
鼙鼓胡尘危社稷，金戈铁马斩楼兰。
戍边壮士忠魂在，护土王师浴血还。
铸剑强军除鬼魅，不容贼寇犯江山。

---

① 嘉峪关位于甘肃省嘉峪关市西5公里处最狭窄的山谷中部，城关两侧的城墙横穿沙漠戈壁，北连黑山悬壁长城，南接天下第一墩，是明长城最西端的关口，历史上曾被称为河西咽喉，因地势险要，建筑雄伟，有"天下第一雄关""边陲锁钥"之称。嘉峪关是古代"丝绸之路"的交通要塞，素有中国长城三大奇观之一的美称。

七律　莫高窟①吟

洞窟艺术壮山河，石壁雕琢画卷多。
文化精华人类共，民族巨匠史籍活。
先贤智慧承佛意，盛世和光奏颂歌。
魅力敦煌谁解透，飞天理想莫蹉跎。

---

① 莫高窟，俗称千佛洞，坐落在河西走廊西端的敦煌，始建于十六国的前秦时期，历经十六国、北朝、隋、唐、五代、西夏、元等代的兴建，形成巨大规模，是世界上现存规模最大、内容最丰富的佛教艺术圣地。

七律　登八达岭^①

雄关烽火两千年，虎踞龙盘锁北边。
姜女何曾飞泪雨，秦王从未释皇权。
同兴社稷魂还在，一统江山马不前。
富国强军倭寇灭，长城内外可屯田。

---

①　八达岭位于北京西北 60 公里处，作为世界文化遗产，八达岭景区以其宏伟的景观、深厚的文化历史内涵著称于世。

七律　望山海关^①

幽燕边楼第一关，襟连天下气如山。

游人接踵烽烟远，利刃藏鞘战马闲。

举目家园生喜乐，回眸史籍忆忧患。

城墙内外皆兄弟，携手同心凯旋还。

---

① 山海关，明长城东端的一座关隘，在今河北省秦皇岛市东北，依燕山，傍渤海，形势险要，有"天下第一关"之称。

七律　秦皇岛①吟

东临碣石笑遗篇，魏武秦皇也枉然。
白浪滔滔仍绿海，金沙浩浩未桑田。
人间转换平民苦，日月轮回圣帝眠。
万岁如潮何万岁，长生不老药无缘。

---

① 秦皇岛，简称秦，又称港城，是一座有着悠久历史的历史文化名城。两千余载的岁月长河，留下了夷齐让国、秦皇求仙、姜女寻夫、汉武巡幸、魏武挥鞭、唐宗驻跸等历史典故。

七律　应县木塔①

横空傲立一千年，世界奇塔同比肩。
纯木无钉超稳定，匠心有意独巍然。
仪容唯美风姿爽，科技防灾密码玄。
待字深闺应出阁，闻名四海梦方圆。

孟大川　摄于山西应县

① 应县木塔全称佛宫寺释迦塔，位于山西省朔州市应县城西北佛宫寺内，俗称应县木塔，建于辽清宁二年，金明昌六年增修完毕，是中国现存最高最古老的一座木构塔式建筑，与意大利比萨斜塔、巴黎埃菲尔铁塔并称"世界三大奇塔"。

七律　题悬空寺^①

恒山宝刹有奇观，寺庙依崖稳且安。
一院双楼飞峭壁，三教独体汇歧端。
灵岩圣水回声远，暮鼓晨钟寄托宽。
危处立身存敬畏，小心翼翼可扶栏。

---

① 悬空寺位于山西省大同市浑源县恒山金龙峡西侧翠屏峰的峭壁间，素有"悬空寺，半天高，三根马尾空中吊"之说，以如临深渊的险峻而著称。悬空寺建成于1400年前的北魏后期，是中国仅存的佛、道、儒三教合一的独特寺庙。悬空寺原来叫"玄空阁"，"玄"取自于中国传统宗教道教教理，"空"则来源于佛教的教理，后来改名为"悬空寺"，是因为整座寺院就像悬挂在悬崖之上，在汉语中，"悬"与"玄"同音，因此得名。

七律　文君故里

临邛古井谒文君，酹酒吟诗韵味芬。
琴瑟和鸣歌赋美，凤凰绝配店垆欣。
私奔蜀府留情话，苦恋相如载轶闻①。
才子佳人多故事，唯留警句耀星群。

---

　　①　苦恋相如载轶闻，即卓文君《白头吟》："皑如山上雪，皎若云间月。闻君有两意，故来相决绝。今日斗酒会，明日沟水头。躞蹀御沟上，沟水东西流。凄凄复凄凄，嫁娶不须啼。愿得一心人，白头不相离。竹竿何袅袅，鱼尾何簁簁！男儿重意气，何用钱刀为"。

　　才子司马相如在邛崃城一曲《凤求凰》，使丧偶的十七岁的才女卓文君一见钟情，两人私订终身，夜奔成都。但因生活无着回到邛崃，借钱开酒肆，"文君当垆，相如涤器"。卓父出于脸面给文君大笔钱财，夫妻再回成都过上安稳日子。汉武帝读了司马相如《子虚赋》后，提举相如为中郎将。相如因为官长期在外，遂产生了纳妾的念头。多年独守空房的卓文君对丈夫日思夜盼，在寂寞和思念的煎熬中，忽然传来相如纳妾的消息，卓文君心急如焚，写下了《白头吟》，没想到情深意切的诗句竟然换来司马相如的一封十三字的数字信，"一二三四五六七八九十百千万"，唯独没有"亿"，卓文君读出了信中的意思，揣摩出了夫君的心思，心凉如水，泪流千行。

五律　访陈毅故居①有感（二首）

一、元帅

从戎济世穷，策马著军功。
鼎助朱毛业，身为党国忠。
黄桥惊寇骑，淮海胜群雄。
元帅英灵在，神州日更红。

二、诗人

上马乃军人，休鞍咏意新。
饥肠寻意境，赴死令诸神。
浪漫青松挺，诙谐化学真。
无拘平仄调，豪放亦诗人。

---

① 陈毅故居位于四川省乐至县劳动镇旧居村，为木质榫卯结构的三重堂四合院。

五律　白鹿①新貌

灾区白鹿镇，满目尽新颜。
岂是欧洲地，疑非华夏园。
教堂迎教主，书院选书刊。
援建亲情重，惊魂已释然。

五律　龙潭水乡②

龙潭老地名，北改焕然新。
古巷接潮客，轻舟抱美人。
情归刘蜀汉，景现宋风云。
九五皇家水，今朝浴万民。

---

① 白鹿镇位于成都彭州市北部，清末民初，法国天主教传教士在此创建教会活动场所多处，以上书院（领报修院）和下书院（无玷书院）最为知名，至今保存完好。"白鹿渺渺随仙惟古镇鹃啼依稀蜀韵，丹花盈盈语客有教堂诗唱仿佛欧风"，著名诗人流沙河的题词，描绘出一幅如仙境般的水墨画。

② 龙潭水乡位于成都市成华区龙潭总部经济城核心区域，是继锦里、宽窄巷子、东郊记忆后，成都市打造的又一张文化旅游名片。

五律　龙门石窟①

中州有洞天，魏始越千年。
碑刻留石壁，窟龛坐圣仙。
几番狂雨洗，数度浩劫残。
媲美卢浮画，东方可奉先。

五律　游少林寺②

嵩山藏古刹，千载美名传。
武术堪国粹，禅宗乃本源。
抗倭僧众勇，祈雨帝王贤。
多少人间事，绝非似戏谈。

---

① 龙门石窟是中国石刻艺术宝库之一，位于河南省洛阳市洛龙区伊河两岸的龙门山与香山上。龙门石窟与莫高窟、云冈石窟、麦积山石窟并称中国四大石窟。

② 少林寺位于河南省登封市嵩山五乳峰下，因坐落于嵩山腹地少室山茂密丛林之中，故名"少林寺"，始建于北魏太和十九年（495年），素有"天下功夫出少林，少林功夫甲天下"之说。

人文景观

五律　四川盆景节[①]

温江盆艺展，川派最精华。
鸟宿云中树，虬曲庙下崖。
微石披日月，尺土秀国家。
小景容天地，花乡绽卉葩。

孟大川　摄于四川盆景节

———————

① 2014年四川省第六届盆景展暨首届温江盆景艺术节在温江公园举办。温江是川派盆景的重要产地。

五律　笔墨东方^①

捌管百家忙，蓉城翰墨香。
银钩铜画劲，凤舞龙飞狂。
落纸疾脱兔，行云染紫光。
精英齐荟萃，柳赵后生强。

五律　元宵偶作

金乌迎玉兔，星斗恋华灯。
今夜和风暖，团圆喜气凝。
花香男女乐，龙舞国家兴。
虽念芳华美，明朝再出征。

---

① 2013年第四届中国成都国际非物质文化遗产节开幕，其中"笔墨东方"2013中国书法艺术国际大展精品荟萃，名家如云，笔者感慨记之。

七绝　家乡小景（二首）

一①

半亩田畴半亩山，几丝嫩绿几丝烟。
童农远望家乡景，难觅琴声入画栏。

二②

后河水养一方人，花萼山藏万种珍。
半缕朝辉含笑起，巴渠蜀地舞祥云。

---

① 笔者老家丝罗乡位于万源市西南部，是中华人民共和国开国元勋董必武的夫人——何莲芝的故乡。域内物产丰富，人才辈出，有得天独厚的资源，盛产水稻、香菇、木耳、中药材等，中华人民共和国成立前曾有"小上海"之美誉。笔者七岁下乡为农，十二岁始做全日制农民，故称"童农"。当年自制二胡笛子，也还悠扬婉转。

② 笔者出生于万源（县级市）县城后河岸边的河街。县城旁边的河流名叫后河，与中河、前河共为渠江源头；背后的远山为著名的花萼山，相传走马荐诸葛的徐庶隐居此山中。万源市位于四川东北角，是四川最早迎来第一缕阳光的地方。

七绝　温江①颂（四首）

一、水韵温江

三水亲城泛绿波，两湖流韵醉情河。
浣花戏浪留连处，有凤来仪美景多。

二、醉绿温江

绿海闻香醉梦都，花城流彩美鱼凫。
陈家盆景成川派，编艺幽兰世界殊。

三、幸福温江

繁花绿树休闲地，创业居家首善区。
四面八方迁客聚，包容进取共膏腴。

四、健康温江

三医融合瑞云飞，万户宜居众望归。
养疗俱佳长寿地，和谐安定共朝晖。

---

① 温江区是成都市辖区，是成都市中心城区之一，位于成都市四环路外正西，是成都重要生物医药产业、先进制造业、现代服务业、文化创意产业基地。

七绝 秦淮河畔（三首）

一、乌衣巷①

秦淮水浪煮商筵，朱雀桥头涌客船。
王谢贵族今不见，后庭遗曲尚催眠。

二、江南贡院②

科考棘围志做官，寒窗磨砺几徒然。
赛场选马从来事，义取人才有大贤。

三、夫子庙③

天下文枢翰墨香，先师论语著辉煌。
真卿墨宝急夺目，乾帝楹联百代彰。

---

① 乌衣巷位于南京市秦淮区秦淮河南岸的文德桥旁，是中国最古老而著名的巷名，当时中国世家大族居住之地，三国时是吴国戍守石头城部队营房所在地。

② 江南贡院，又称南京贡院、建康贡院，位于南京市秦淮区夫子庙学宫东侧，始建于宋乾道四年，是中国古代规模最大的科举考场，中国南方地区开科取士之地，也是夫子庙地区三大古建筑群之一，夫子庙秦淮风光带重要组成部分。

③ 夫子庙，即南京孔庙、南京文庙、文宣王庙，位于南京市秦淮区秦淮河北岸贡院街，为供奉祭祀孔子之地。

七绝　街子古镇①览胜（三首）

一、唐求雕像

唐代骚坛属三流，名留史籍胜公侯。
可怜多少官场客，味水诗瓢笑众酋。

二、惜字碑塔

惜字重贤修火塔，崇文尊教显遗风。
千年传统顽强立，只叹坑儒内蕴空。

三、光严禅院

珍稀古木掩晨钟，御赐光严耀绿峰。
林荫庙中禅法悟，梅花寨外氧风浓。

① 街子古镇，位于四川省成都市崇州，在崇州城西北 25 公里的凤栖山下，与青城后山连接。有以晋代古刹光严禅院为中心的 32 座寺庙等古迹。

壹

人文景观

七绝　踏歌蒲江①（三首）

一、成新蒲快速通道

满耳秋声起舞听，双眸金色踏歌行。

城乡路网成一体，归去来兮似短程。

二、西来古镇

明清景物至今存，关庙临溪信众新。

烟巷尽头留古老，文风塔下满书声。

三、朝阳湖

清波碧水客船追，翠叶幽林百鸟飞。

宁静守心乘舫渡，鹤山书院观莲归。

---

① 2012年10月某周六，笔者去感受了刚通车的成（都）新（津）蒲（江）快速通道的速度与畅达，感受了蒲江西来古镇的古朴与厚重，感受了朝阳湖的宁静与深邃，也品味了蒲江的腊肉与河鲜，至今尚留有几分惬意。

七绝　三峡行（七首）

一、万州行

三十年前来万县，残留记忆似云烟。
忽闻汽笛声声唤，错把新艟当老船。

二、过云阳夜谒张飞庙

夜色云阳耀霓虹，卧江七彩饰渝东。
桓侯取义魂归处，谁解英雄末路穷。

三、黎明过夔门

朝迎白帝过夔关，复望瞿塘雾妙鬟。
不息碧波东渐阔，时光如浪难回还。

四、小（小）三峡①

两岸奇峰聊故事，一川静水洗凡尘。
彩虹桥上飞车过，笑看轻舟抱美人。

---

① 轮船至巫山县，换乘游船游小三峡，再换乌篷船游小小三峡。

五、神女峰

伫立千年眺远方，何须痴等不归郎。
月明春暖成新梦，免叫贞姑变石娘。

六、秭归谒屈原祠

屈原愤世入江怀，唯剩祠堂对客开。
楚破秦一天意定，笑迎风雨劈头来。

七、三峡大坝游

隔岸观堤瞧热闹，外行赏景不平凡。
祈求神女长无恙，天佑斯民社稷安。

孟大川　摄于长江三峡

七绝　崇州湿地公园赞

人间仙境桤泉河，淌玉流金漾媚波。
王母瑶池生嫉妒，宦游少府①叹蹉跎。

七绝　题罨画池②

霾淡天青朗日晴，驱车崇庆罨园行。
初冬彩叶忙渲染，恰遇诗群陆婉声。

---

　　①　少府，即初唐四杰之一的王勃好友杜少府。王勃在长安城头泪送杜少府到今崇州市任职，留下著名诗句《送杜少府之任蜀州》："城阙辅三秦，风烟望五津。与君离别意，同是宦游人。海内存知己，天涯若比邻。无为在歧路，儿女共沾巾。"
　　②　罨画池是崇州市市中心的一处园林，是川西园林的代表作之一。

钗头凤 再题崇州罨画池

冬阳美，游兴醉，
罨园诗意流芳菲。
沿曲径，摄舒影。
鸟吟鱼乐，彩衣金杏。
景，景，景。

柔情魅，痴心贵。
万千人海文缘会。
花容迎，品香茗。
知己红颜，陆唐哀咏。
听，听，听。

孟大川 摄于崇州罨画池

水调歌头　三苏祠①

闪耀亮星斗，不朽好词章。
时光千载，来者谁可比肩量。
漫步文豪故里，耳畔佳吟妙句，古韵正流芳。
追逐当前利，那若墨存香。

谒雕像，读匾额，拜祠堂。
回眸历史，炙热权势速炎凉。
官有谪升起落，钱必收支盈匮，何事自忧伤。
腹养诗书气，快乐也安康。

---

① 三苏祠位于四川省西南眉山市中心城区纱縠行南街，是北宋著名文学家苏洵、苏轼、苏辙的故居，明代洪武元年改宅为祠，祭祀三苏，明末毁于兵燹，清康熙四年在原址模拟重建。清代宰相张鹏翮撰联赞三苏，"一门父子三词客；千古文章四大家"是为大雅。

沁园春 都江堰①赞

岷江飞虹，玉垒浮云，神堰流芳。

悟深淘浅作，掀波逐浪；

抽心截角，荡气回肠。

鱼嘴降龙，离堆锁宝，水旱从人富蜀邦。

二王庙，虔诚烟袅袅，万载飘香。

千年不朽诗章，淌意韵，弦歌响四方。

仰李冰伟业，子民福祉；

消灾避难，润土滋乡。

地似膏腴，天然府库，郡守官声彪史纲。

真遗产，颂官声政绩，永耀辉煌。

---

① 都江堰是世界文化遗产、世界自然遗产、全国重点文物保护单位。都江堰位于四川省成都市都江堰市城西，坐落在成都平原西部的岷江上，始建于秦昭王末年，是蜀郡太守李冰父子在前人鳖灵开凿的基础上组织修建的大型水利工程，由分水鱼嘴、飞沙堰、宝瓶口等部分组成，两千多年来一直发挥着防洪灌溉的作用，使成都平原成为水旱从人、沃野千里的"天府之国"。

青玉案　凤凰古城①

沱江入楚千年渡，凤凰舞，天神助。
灯火多情驱夜幕，吊楼花院，
小街闺户，艳遇庭前树。

苗家湘女歌相许，碧水扁舟绕鸥鹭。
胜似瑶池瑰丽处？
一川金玉，满城商贾，可惹仙人妒。

壹

人文景观

洞仙歌　芙蓉镇[①]

一帘飞瀑，伴斜阳流晕。
石径联幽暗香近。
吊楼开，阅尽西楚烟云，
深巷酒，愈显厚醇底蕴。

媾和铜柱在，百姓安宁，
织妹渔哥互相吻。
望秀水长歌，湘蜀通津。
姜刘戏，悲情谁信。
小背篓，纳八面来风，
苗族女，轻盈踏阶前进。

---

① 芙蓉镇，本名王村，是一个拥有两千多年历史的古镇，因宏伟瀑布穿梭其中，又称"挂在瀑布上的千年古镇"。

海棠春　影模红叶天人配

影模红叶天人配，
互衬托，
神怡仙醉！
桃李已无言，
偷妒皆娇媚。

色丰光透羞花蕊，
摄友涌，
情痴镜慧。
韶丽瞬时无，
过眼云烟美。

醉花阴 太阳岛①上

小伙姑娘同逐浪，
游泳阳光亮。
夏日六弦琴，
携手垂纶，
露宿新篷帐。

恰逢改革初开放，
浪漫心潮荡。
情趣也饥寒，
郑女飞歌，
河岛从兹响。

---

① 太阳岛位于黑龙江省哈尔滨市松花江北岸，是一处由冰雪文化、民俗文化等资源构成的多功能风景区，也是中国的沿江生态区，因郑绪岚一曲《太阳岛上》而出名。笔者在长春会议结束后，专程去太阳岛一游。

醉花阴　田园夏花

梦醉花丛同守候，
紫气熏风诱。
初夏续春芳，
着意佳人，
姿色相争秀。

快门律动柔情后，
任众香盈袖。
莫误好时光，
诗韵田园，
期盼皆邂逅。

调笑令　太阳神鸟（二首）

一

珍宝，珍宝，魅力光芒闪耀。
飞天梦醒金沙，神鸟舞动彩霞。
霞彩，霞彩，巴蜀吉星大爱。

二

陶醉，陶醉，旷世珍奇绝美。
神鸟展翅鱼凫，寻梦飞腾远途。
途远，途远，笑看云舒霞卷。

调笑令　蜀绣

奇绣，
奇绣，
巴蜀红酥巧手。
美艳名闻全球，
丝路郎归酒酬。
酬酒，
酬酒，
锦缎温柔守候。

如梦令　成都花事（二首）

如梦令（仄）花舞人间[①]

寻梦醉行花径，满目痴蜂蝶影。
争宠四时春，馥郁长留雅兴。
聆听，聆听，絮语香风漫岭。

如梦令（平）国色天乡[②]

盆栽川派故乡，香浓绿水红墙。
童稚指看处，乐园笑语高昂。
芬芳，芬芳，忽忆少壮时光。

[①] 花舞人间位于四川成都南郊新津县，被誉为"西南赏花首选地""全球郁金香展示时间最长景区"。

[②] 国色天乡位于成都市温江区万春镇，距成都市区约15公里，平原沃野，也是13万亩花卉业的基地。

眼儿媚　葵花园①

含笑靓颜向阳花，
引客涌农家。
无边金色，
几星红绿，
万缕云霞。

田园城市宜人景，
村野绽奇葩。
快门入彩，
群情流火，
圆梦乡巴。

---

① 成都温江区永宁以"花田喜事"命名的葵花园，赏客如织，美女如云。花引玉人来，人来花更美。

壹

人文景观

渔歌子　味江①戏水图

激滟味江浪花飞。缤纷男女笑颜堆。
柔情洗，俗尘颓。秋声斜阳不思归。

摄于崇州街子味江

---

① 味江，位于崇州市街子古镇旁的一条溪流，相传古蜀王征西蕃的时候，味江两岸的
居民曾敬献给蜀王一壶美酒，但是蜀王没有自己喝，而是"投诸江中，令三军共饮"。可见
蜀王对下属的这种体恤、关怀之情。因此，这条河从此就有了味道，被称为味江。

破阵子　中国第六届马术速度赛①

蹄卷狂飙似乐，
鞭笞神骏如风。
看客欢呼冬气暖，
骑手争先欲称雄，
赛场逐鹿冲。

的卢主公何在，
中华猛士无穷。
勇者须凭良骥快，
良骥尤须勇者聪，
天人合一功。

---

① 由中国马术协会、四川省体育局、成都市人民政府主办，成都市体育局、温江区人民政府承办的 2016 第六届中国马术节在成都金马国际马术体育公园举行。

柳梢青　舟游黑龙潭^①

碧玉骄阳，
轻舟如箭，
热气腾浪。
独钓渔翁，
几番凝望，
客涌船忙。

清风随景临窗，
白鹭勇，
弦歌激扬。
惬意骚人，
寄情山水，
梦醉诗香。

---

① 黑龙滩风景区位于仁寿县，北距成都 64 公里，被誉为"川西第一海""成都后花园"。

贰 自然风光

七律　初冬银杏

初冬银杏叶金黄，古道新林染彩光。
拷贝朝阳秋意暖，回归根系朔风香。
才将硕果遗恩主，又以英姿美故乡。
景色何须唯嫩绿，飘然谢幕也辉煌。

孟大川　摄于成都温江区公园

自然风光

七律　绝色米亚罗①

本是残年老迈身，却将灿烂告离分。
流金溢彩拥山母，藏宝飞虹沃树根。
大纛旌旗欢乐舞，龙裳凤羽瑞祥临。
自然美景来天地，宁羡乡翁不慕君。

---

① 米亚罗，藏语，意为"好玩的坝子"，位于四川省阿坝藏族羌族自治州理县域内。
每年秋季，秋叶五彩缤纷，景色十分美丽。

七律　题温江红枫基地

如梦如仙四月天，大红大紫独缠绵。
无心陪衬何须绿，有意恢弘自可妍。
色海芳林情蝶涌，熏风丽日美人全。
莫言寂寞宫墙厚，枫叶题诗必有缘。

七律　大美黄龙①

心仪美景在高天，驾雾腾云越四千。
宝顶雪峰含笑靥，彩池钙华醉游仙。
幽林吐氧红衣靓，净水流辉眼界鲜。
鬼斧神工奇绝秀，河山风韵胜婵娟。

---

① 黄龙位于四川省阿坝藏族羌族自治州松潘县域内，是中国唯一保护完好的高原湿地，与九寨沟相距100千米，因沟中有许多彩池，随着周围景色变化和阳光照射角度变化变幻出五彩的颜色，被誉为"人间瑶池"。

七律　五月玫瑰（二首）

一

疑是霓裳落九天，温馨霞彩续尘缘。
千枝同类争妍美，万种风情竞爱怜。
手有余香前路阔，心无善意运程难。
洁身养性祛浮躁，五月玫瑰最可观。

二

锦绣春天最美花，玫瑰园内绽奇葩。
含羞妩媚传情意，惊艳娇柔胜霓霞。
只待恋人优雅摘，也期商贾运程嘉。
芬芳邻里熏风解，常有余香入众家。

七律　长白山天池①

火热激情雪顶藏，也将浓雾掩红妆。
有缘方遇娇柔面，无运难瞻美艳光。
海眼汤泉聊故事，龙潭水兽荡沧桑。
流云来去携神秘，悼玉悲金祭娲皇。

---

① 长白山天池是一座休眠火山，火山口积水成湖，夏融池水湛蓝，冬冻冰面皓白，被16座山峰环绕，仅在天豁峰和观日峰间有一狭道池水溢出，飞泻成长白瀑布。

七律　月牙泉①

变幻无穷大漠风，沙峰转瞬眼前空。
一泓甘露泽秋月，千古驼铃笑紫穹。
任尔铺天掀地力，唯它抗暴御邪荣。
神泉疑似仙山有，润澈人间鬼斧功。

---

① 月牙泉，古称沙井，俗名药泉，鸣沙山月牙泉风景名胜区，位于河西走廊西端的甘肃省敦煌市西南 5 公里处，自汉朝起即为"敦煌八景"之一，得名"月泉晓澈"。因"泉映月而无尘""亘古沙不填泉，泉不枯竭"而成为奇观。

七律　游张家界（二首）

一、登袁家寨遇雨①

秋雨朦胧水气浓，腾云驾雾似仙翁。

慵夫扫兴寻归路，痴客留身遇好风。

一览奇峰全入眼，万方仪态半出容。

莫言观景时不济，流韵神姿掩映中。

二、登黄石寨览胜②

不依车马自登山，挥汗拂云勇毅攀。

心有目标脚步快，心无杂念气息闲。

仙岚神韵拥怀抱，美景奇观入眼帘。

绝顶驻足低首望，高峰群岭也泥丸。

---

① 游张家界之袁家寨时不期遇雨，大雾弥漫，几难观景。多数游客乘缆车下山，我等坚持步行而下，结果一路上风光无限。

② 步行登上张家界之黄石寨山顶需两个小时，多数游客乘缆车而上。我与几个青年驴友一道，坚持步行。脚不软，气不喘，饱览无限风光。

七律 老家万源风光（二首）

一、长洞湖①

九寨归来还看水，温柔翡翠可倾城。

荡舟潋滟心湖净，戏浪迷蒙脑海清。

仙界瑶池堪比美，人间圣域应无争。

不施粉黛毋雕饰，处子纯贞最动情。

二、八台山②

大美无言不自鸣，任凭五岳享殊荣。

佛光云海层峦动，石栈天梯玉宇行。

雪舞童真飘故事，秋声彩叶染狂情。

巴山秀色冠华夏，养在深闺待后生。

贰

自然风光

---

① 长洞湖位于四川省万源市白果乡花萼山国家级自然保护区内，湖东有羊跳岩，岩上有断魂桥，湖南有银矿山，山下溪流潺潺，湖西有仙人洞。

② 八台山位于四川省东北部万源市八台乡，是国家级自然遗产地，国家地质公园，因地貌成层状梯级递降，有八层之多，故名八台山，被人们称为"川东峨眉"。

七律　游大邑县金星乡桃花寨①

疑入仙山五彩流，清香粉面尽娇羞。
匠心朱墨燃情涌，纤手红颜蜜意稠。
大美自然无剪饰，小康社会有温柔。
人人共染桃花运，如意春风好兆头。

孟大川　摄于大邑县金星乡

① 桃花寨位于大邑县金星乡玉金社区北面，是由崇州市九龙沟红纸桃花种植专业合作社在玉金社区投资种植的，基地现有1200余亩观赏桃花。

七律　长江日全食①

奇观慢显暗寰中，混沌阴阳万巷空。
天蔽地遮食渐甚，月亲日抱意方浓。
千年缘分难相遇，四亿生民竟巧逢。
宇宙自然多壮美，认知奥秘永无穷。

---

① 2009 年 7 月 22 日早上 6 点蜀中细雨霏霏，尔后晴转多云。9 点时，笔者因忙律所事，忘日食将临，但渐感入夜，遂出门望之。

七律　桂林芦笛岩①

浪漫熔岩有洞天，芦笛崖内景独妍。
思维任意飞仙境，视角随心觅梦缘。
百态千姿情致妙，五光十色眼眸宽。
传说童话多凄美，何处桃园可种田。

---

① 芦笛岩位于桂林市西北郊，是一个以游览岩洞为主、观赏山水田园风光为辅的风景名胜区。

七律　窦圌山[①]

窦圌胜景四方闻，尤有诗仙誉古今。
问道鸿儒思语传，登山旅客汗颜欣。
壁峰可渡留踪迹，殿宇成群绕绿云。
奇树变佛天召唤，樵耕入画颂农民。

---

① 窦圌（chuán）山，又名圌山，位于四川江油城北 20 公里的涪江东岸武都镇。相传唐代彰明县（今属江油市）主簿窦圌（字子明）隐居于此，故名。李白少年时曾游此山，题下千古绝句"樵夫与耕者，出入画屏中"。

七律　药王谷①

花海不值未遇期，清溪秀木胜虹霓。
君臣佐使山林养，望问闻切药客迷。
思邈仙声说验剂，观音慈目赐禅机。
登高放眼三千里，浅岭闲峰始觉低。

---

① 药王谷位于绵阳市北川羌族自治县与江油市接壤的药王山上，相传中华医药始祖岐
伯和药王孙思邈都曾长住此山采药治病。

七律　登泰山^①

杜甫为何问岱宗，存疑千载勘天峰。
始皇登顶封禅旺，雅士留诗附势浓。
胸荡霾云无暮鸟，腿酸石径岂仙踪。
独尊从古潮流悖，小觑群山藏锐锋。

---

① 泰山又名岱山、岱宗、岱岳、东岳、泰岳，位于山东省中部，隶属于泰安市，绵亘于泰安、济南、淄博三市之间。泰山自古就有"五岳之首""五岳之长""天下第一山"之称。泰山风景名胜区是世界自然与文化双重遗产、世界地质公园、全国重点文物保护单位。

七律　趵突泉①

柔情温婉献清纯，齐鲁浡源泽万民。
天地氤氲存雨露，阴阳热烈育人神。
泉城喷涌金银水，漱玉滋荣孔孟身。
雾润云蒸仙境美，激湍甘冽乃奇珍。

---

① 趵突泉，被誉为"天下第一泉"，也是最早见于古代文献的济南名泉。趵突泉是泉城济南的象征与标志，与济南千佛山、大明湖并称济南三大名胜。

七律　普照寺①

青城山后有神仙，普照伽蓝别洞天。
秀木森森藏庙宇，香烟袅袅问尘缘。
游人老幼观光乐，拜客悲欢悟禅眠。
自古世间诚信重，佛存善意也怡然。

七律　青海湖①畔

冒险三千海拔中，氧鲜玩命也英雄。
驱车碧草迎风舞，伸手祥云扑面冲。
绿野金沙争领地，裸山瀚漠哭苍穹。
太阳游泳晨昏美，人不珍时转瞬空。

---

① 青海湖，藏语名为"措温布"，意为"青色的海"，位于青藏高原东北部、青海省境内，中国最大的内陆湖、咸水湖。

七律　茶卡盐湖[1]

一湖财宝壮山河，开采千年永玉珂。
似雪但无冰雪冷，如银却比白银多。
牧民祭海迎仙女，游客留身染彩波。
本是上天慷慨赐，怎能以镜喻金窝。

孟大川　摄于青海茶卡盐湖

---

① 茶卡盐湖也叫茶卡或达布逊淖尔，"茶卡"是藏语，意即盐池，也就是青海的盐。"达布逊淖尔"是蒙古语，也是盐湖之意。茶卡盐湖被人比作"天空之镜"，笔者以为，如此美丽、如此不竭的宝库，岂能以"天空之境"喻之。

七律　贵德地质公园①

谁将七彩泼丘峦，从此流霞贵德安。
裸露身躯昂首挺，直抒胸臆纵情欢。
女娲湖畔迎游客，夸父峰丛祭日坛。
天佑斯民予美景，水清山秀路渐宽。

---

① 贵德国家地质公园是以自然地貌景观和地质遗迹为主要特征，辅以多样生态景观和
丰富人文景观的综合性地质公园，位于青海省贵德县域内。

七律　荔波小七孔^①

古桥横渡进山沟，秀水灵峰入眼眸。
温婉湖波逢美艳，动情飞瀑笑潮流。
幽林溪谷神仙醉，云洞龙潭梦境游。
碧绿清纯如翡翠，心尘濯尽说娇柔。

---

① 荔波小七孔是国家级 AAAAA 级风景名胜区，世界自然遗产。其位于贵州省黔南布
依族苗族自治州荔波县西南部，距县城 28 公里。景区北首有一座建于道光十五年（1836）
的小七孔古桥，景区之名由是得之。

七律　黄果树大瀑布①

银发三千天未老，激情山水展风骚。
雾虹波瀑皆诗韵，日月星辰映浪涛。
过客匆匆谁复去，大河浩浩独长号。
借光七彩须臾逝，崩玉訇然笑白劳。

---

① 黄果树大瀑布，古称白水河瀑布，亦名"黄葛墅"瀑布或"黄桷树"瀑布，因本地广泛分布着"黄葛榕"而得名。位于中国贵州省安顺市镇宁布依族苗族自治县，属珠江水系西江干流南盘江支流北盘江支流打帮河的支流可布河下游白水河段水系，为黄果树瀑布群中规模最大的一级瀑布，是世界著名大瀑布之一，以水势浩大著称。

七律　额济纳掠影（二首）

胡杨林秋色

大漠传奇十月天，胡杨故事九千年。
金风染镀多姿树，暖日梳妆百态仙。
倒影柔情滋壮丽，流沙蓄势衬暄妍。
一瓢弱水平生足，荣辱尊卑尽释然。

居延海①日出

流沙弱水美居延，万众凌晨待日圆。
远岸红霞天似火，满湖金浪苇如烟。
初阳酬客寒风暖，群鹭知恩舞阵妍。
宝泽重生添壮丽，王维再赋好诗篇。

---

①　居延海位于额济纳旗达来呼布镇北 40 公里处，是由发源于祁连山的黑河水注入形成的天然湖泊。居延是匈奴语，《水经注》中将其译为弱水流沙，在汉代时曾称其为居延泽，唐代起称之为居延海。胡杨树被额济纳人称为"英雄树"，有"生而三千年不死，死而三千年不倒，倒而三千年不朽"的说法，故为"胡杨故事九千年"。

貳

自然风光

七律　三亚海角天涯[①]

此处何言路尽头，航班巨舰贯环球。
艳阳引客薰风暖，鲜果喷芳绿韵柔。
人戏石涯情有意，浪吟沙岸梦无愁。
东坡被贬勤兴学，绝境从兹变乐洲。

---

① 清雍正年间，崖州知州程哲在海南三亚天涯湾的一块海滨巨石上题刻了"天涯"二字。抗战时期，琼崖守备司令王毅又在相邻的巨石上题写了"海角"二字。1961年，郭沫若在"天涯"石的另一侧题写了"天涯海角游览区"七个大字。至此，天涯湾畔的这片滨海地带便成了名副其实的"天涯海角"。

七律 题大巴山杜鹃花

都市哪知秀色丰，巴山回望美如虹。
敢将浪漫生危岭，喜把缤纷伴翠风。
岂靠主人栽种旺，只尊天地运行功。
纤尘不染真君子，笑看凌霄①附势空。

---

① 凌霄，出自白居易《有木名凌霄》，"有木名凌霄，擢秀非孤标"。

七绝　春韵（四首）

一、春风

柳摆纤腰吐絮飞，筝依望眼破云围。
千枝蓓蕾含情意，一泊涟漪卷翠微。

二、春雨

枝挂晶莹喜泪盈，幼芽破涕笑无声。
夜阑细语窗前滴，草木村姑好梦生。

三、春光

薰风送暖晦云开，喜雨浇花紫气来。
豆蔻韶华朝夕逝，惜春起早莫徘徊。

四、春色

连天金海菜花开，蝶舞蜂忙采蜜来。
斗艳群芳微点缀，桃红人醉紧依偎。

七绝 夏韵（四首）

一、夏阳

火伞高张暑气淫，热风劳作汗淋淋。
稻丰树绿生机旺，一缕骄阳一寸金。

二、夏雨

雷雨临窗似乐音，暮云朝露化甘霖。
濯霾解暑禾苗喜，祈愿天公顺众心。

三、夏风

人爱爽风驱酷暑，空调电扇替天行。
欲回浓绿深山里，再觅清凉豆蔻情。

四、夏夜

星光璀璨爽风清，情侣缤纷蜜意盈。
湖畔广场歌舞劲，老人心境也年轻。

七绝　秋韵（四首）

一、秋声

飘零落叶诉离愁，黯哑鸣蝉默晚秋。
寒雨惊涛心坦荡，踏歌起舞盼丰收。

二、秋雨

空濛雾锁路迷离，黄叶芭蕉共泣啼。
花伞缤纷飘小巷，不期圆梦蜀城西。

三、秋色

半城银杏半城金，一朵红枫一朵云。
田野流缃人喜悦，峰峦飘彩叶缤纷。

四、秋风

独坐书斋觉季寒，悉听树语说衣单。
瑟缩何必悲愁绪，惬意秋声好入眠。

七绝　冬韵（四首）

一、冬雪

玉宇飞花白路寒，幼童戏景满心欢。
红梅点染清纯景，酒友闲聊冷暖观。

二、冬霜

滴水成冰五更寒，虫藏鸟徙败苗残。
晶莹犹晓丰收意，凝聚溪流献翌年。

三、冬阳

化雪融冰解酷寒，强身补钙免头冠。
光芒普照无私意，天下贫民绽笑颜。

四、冬花

岂止冬梅敢斗寒，菊棠风雪伴娇兰。
身无独爱花常在，心有群芳景愈宽。

七绝　赛里木湖^①（四首）

一、水漾霞辉

洁波潋滟吐霞辉，余泪风流盼客归。

水孕山骚星月靓，身披七彩入宫闱。

二、水映丽人

最羡仙湖艳福多，四方佳丽陷情河。

一分二美三生万，宠爱三千动恋歌。

三、野花袭人

山露滋身野性生，斜阳染彩激情盈。

天仙国色羞难逮，只把芳心摄友迎。

四、摄友纳瑞

天山净海风流水，日月晨昏浴彩辉。

摄友镜头频响处，神姿仙态染芳菲。

---

① 赛里木湖是新疆海拔最高、面积最大、风光秀丽的高山湖泊，又是大西洋暖湿气流最后眷顾的地方，因此有"大西洋最后一滴眼泪"的说法。赛里木湖古称"净海"，位于新疆博尔塔拉蒙古自治州博乐市域内北天山山脉中。

七绝　庐山（三首）

一、仙人洞①

轻烟泼墨雾中山，儒道师踪醉未还。
巨手题诗恩浩荡，洞松从此也成仙。

二、三叠泉②

泉自高天润眼帘，虹生薄雾漫前川。
飞流如线忧不济，应救银河护水源。

三、美庐③

迷茫雨雾锁空屋，名墅风云数美庐。
来去东家皆过客，高低远近任人书。

---

① 仙人洞，位于庐山天池山西麓，是一个由砂崖构成的岩石洞。因毛泽东"天生一个仙人洞，无限风光在险峰"的诗句而闻名。

② 三叠泉在全国有几处，最出名者位于江西省九江市的庐山东南九叠谷，宋绍熙二年被樵者发现，故有"一朝何事失扃钥，樵者得之人共传"的诗句。

③ 美庐是庐山所特有的一处人文景观，"美庐"曾作为蒋介石的夏都官邸，是当年"第一夫人"生活的"美的房子"。

七绝　黄山①风光（二首）

一、黄山石

灵猴观海迎涛涌，玉帝依松听鹤鸣。
怪异嶙峋多故事，任君心造说人生。

二、黄山松

叶裁绿锦饰崖欢，枝展盘虬问客安。
只把葱茏迎雪笑，扎根磐石美山峦。

---

① 黄山位于安徽省南部黄山市域内，与光明顶、天都峰并称三大黄山主峰，为36大峰之一。黄山是安徽旅游的标志，是中国十大风景名胜之一。明朝旅行家徐霞客登临黄山时赞叹，"薄海内外之名山，无如徽之黄山。登黄山，天下无山，观止矣"，被后人引申为"五岳归来不看山，黄山归来不看岳"。

七绝　武隆风光（二首）

一、天坑

置身窿底望星空，坐井观天警示丰。
景转峰回疑出路，生机莫误趁春风。

二、地缝

石隙吞天水有功，悬梯入地路无穷。
龙蟠猿啸缠飞瀑，赏景专心脚下风。

七绝　桂林风光（四首）

一、象鼻山

巨象从何莅桂汀，流连山水忘归程。
引来四海观光客，景色从兹百媚生。

二、骆驼峰

神工鬼斧塑生灵，西物南居卧桂城。
水土相宜奇景美，青山拥抱自多情。

三、叠彩山

孤峰突兀市中山，鸟瞰凡尘四季缘。
拂面清风吹惬意，缤纷仙境刻心间。

四、日月塔

两塔相依碧水中，阴阳双色各不同。
传承文化添风景，三教和谐鼓惠风。

七绝　春花（二首）

一、油菜花

波澜壮阔情如海，富贵清纯色似金。
柳绿桃红羞寂寞，田边陪衬看花人。

二、玉兰花

不为争艳便俗媚，独向蓝天吐蕊辉。
好色蜂蝶抬首望，惹得微镜扫兴归。

五律　井冈山（二首）

一、龙潭①飞瀑

龙潭群瀑处，游客意流连。

溪谷飘银汉，峰峦挂美髯。

诗情澎湃涌，交响奏鸣圆。

酷暑仙风爽，归璞入梦缘。

二、罗霄清泉

万籁奏泉音，怡然浸绿林。

徘徊舒彩袖，跳跃吐白云。

老树春情动，幽篁夏露欣。

厮杀虽远去，空谷恋回声。

---

① 龙潭坐落在井冈山北面，黄洋界南麓，距茨坪7公里，是一个以群瀑集聚为显著特色的景区，素有"五潭十八瀑"之称。

五律　春意（二首）

一、立春

寒霜无吝意，慷慨送春来。
柳喜风裁叶，苗欢雨润苔。
繁花妆美女，紫气扫霾埃。
万物欣欣梦，复苏始释怀。

二、窗棂入鸟鸣

好梦盼春声，窗棂入鸟鸣。
身姿藏翠叶，色调胜秦筝。
捕影元音美，寻踪百媚生。
纵情歌不断，举镜慕黄莺。

五律　春晓

开轩吸负氧，迈步暖风鲜。
满目欣欣意，葳蕤翠绿妍。
生机需地力，秀色靠天然。
紫气东来日，春心浪漫还。

五律　初秋

几番喜雨休，酷日也温柔。
裸臂添衣掩，花容少汗流。
田园金色重，深巷玉人游。
绿树新枝老，清风爽小楼。

五律　西岭①清泉

清新迎负氧，宁静饮泉淳。
澄澈江源水，繁荣草木春。
仙山流故事，凡间洗霾尘。
西岭千秋雪，恩施蜀汉民。

孟大川摄　西岭清泉

---

①　西岭雪山，位于四川省成都市大邑县域内，因唐代大诗人杜甫的千古绝句"窗含西岭千秋雪，门泊东吴万里船"而得名。

五律　青城雨

雾霭罩山门，氤氲化雨霖。
霏霏湿沃土，沥沥洗霾云。
育养岷江水，滋泽古蜀民。
溪流东渐阔，笑看弄涛人。

五律　青城月

青城绿野村，独觅夜阑芬。
倩影随林隐，银辉染叶欣。
依楼窥絮语，抚桂嗅香氛。
寂寞星空好，何须恋庙门。

五绝 喀拉峻①草原（四首）

一、鲜花台

花香野性生，草美快蹄轻。
且慰东归主，茵茵舞彩旌。

二、猎鹰台

人馋草海薰，鹰恋雪山雯。
峡谷春心动，流芳不见君。

三、鳄鱼湾

守候九千年，难逢不老仙。
人间何富贵，来去若云烟。

四、美人腰

裸睡享安宁，昭君好梦生。
至今思出塞，胡汉息刀兵。

① 喀拉峻草原位于新疆伊犁河谷的特克斯县内，是西天山向伊犁河谷的过渡地带。"喀拉峻"是哈萨克语，"喀拉"有深色、浓郁和辽阔的意思，"峻"形容茂密的样子，喀拉峻草原可译为苍苍莽莽的草原。

沁园春　青城山①

负氧扑鼻，绿荫舒心，道刹隐林。
假缆车代路，清风送步；
翠芽掩景，粉面浮云。
仙履寻踪，凡夫探胜，
接踵摩肩挤庙门。
回来处，同归原起点，踽踽孤身。

青城古木森森，叹世事，谁能与共存？
看骚人墨客，雄文不朽；
大千诗圣，经典长闻。
群口销金，百年精品，万物三生皆有根。
唯幽字，岂可观众妙，环宇常新。

---

① 青城山，位于成都市都江堰市西南，是世界文化遗产，中国四大道教名山之一，五大仙山之一，中国道教发祥地之一，享有"青城天下幽"的美誉。

沁园春　泸沽湖^①

脚跨川滇，恰遇初霁，似梦如仙。
喜山村多彩，水天共色；
碧波潋滟，晴空洁蓝。
鸟聚湖中，鱼翔镜底，忽见渔歌飘酒幡。
车行处，女儿国故事，浪漫奇观。

摩梭母系千年，至今传，留遗世美谈。
说走婚散步，迷情寻艳；
猪槽荡桨，草海流连。
妃岛追思，小桥怀远，络绎游人话善缘。
清爽景，比看霾雾地，竟是乡关。

---

① 泸沽湖，位于四川省盐源县与云南省宁蒗县交界处，为川滇共辖。得天独厚的地形
地貌，造就了泸沽湖优美的自然景观，"目光所及皆图画，步履所至尽仙源"。

浣溪沙　巴音布鲁克草原（三首）

一、暮宿巴音布鲁克小镇

暮宿恰逢雨后虹，登楼镜喜美穹隆。
神姿仙态拥怀中。
洁雾星芒飞彩凤，斜晖金岭佑盘龙。
桃园梦醉笑陶翁。

二、天鹅湖浓雾举镜打鸟

薄幕轻纱闻鹤鸣，半遮仙影美骄矜。
红蹼驱雾舞青萍。
举镜快门留百态，细心慧眼拍群生。
洁身曲项祷安宁。

三、九曲十八弯雾开日出

荡气回肠十八弯，草欢水乐伴龙蟠。
拥天抱地舞翩跹。
薄雾飞花须纵目，初阳流韵好迎仙。
初衷勿变向天边。

满庭芳　光雾山[①]

树染霞辉，山披祥瑞，仙云玉雾娇眉。
斑斓神韵，诗意也葳蕤。
曲径幽林遇艳，浪漫处，疑入闺闱。
曾相识，万千姿色，岂绿瘦红肥。

观巴山壮景，汪洋恣肆，靓丽崔嵬。
彩叶美，灿然告老轮回。
化蝶报根沃土，待来日，再育春菲。
乡愁涌，秦风汉雨，灵秀更思归。

———————
① 光雾山景区位于四川省巴中市南江县光雾山镇，被誉为"清凉氧吧""中国红叶第一山"。

贰

自然风光

渔家傲　石林联想①

可是神仙秋点兵，倚天利剑排山岭。
烽火边声民未宁，惊梦醒，和平将士弹冠庆。

欲望阳刚昂首挺，苍狼啸月贪心横。
商女不知唐主病，任由命，似烟往事如明镜。

孟大川　摄于云南石林

---

① 云南石林世界地质公园位于云南省昆明市石林彝族自治县内，素有"天下第一奇观""石林博物馆"的美誉。笔者漫步石林，如置千军万马之中；石峰雄立，似感声色犬马之虞。故得《渔家傲》一首。

渔家傲　洱海①荡舟

潋滟碧波勤荡漾，金梭岛上皆逐浪。
撒网放鹰鱼蟹壮，高亢唱，旅游服务财源旺。

舞者丽萍人景仰，杨家有女名声亮。
印象云南才艺响，巾帼强，钟灵毓秀多滋养。

———————————

① 洱海位于云南大理郊区，为云南省第二大淡水湖。洱海是大理"风花雪月"四景之一，据说因形状像一个耳朵而得名。

苏幕遮　观音峡[①]

玉龙关，舒望眼。
古道羊肠，天际何曾远。
霞客足音轻召唤。
茶马铃衰，快铁鸣新愿。

纳西村，山口院。
典雅东巴，瀑唱渔舟晚。
丝路延伸欧亚岸，
斗转星移，大写宏图恋。

---

① 云南丽江观音峡景区位于丽江市，"漫漫雄关邱塘道，悠悠茶马滇藏情"，进入景区首先看到的是"茶马古道"。茶马古道是指存在于中国西南地区以马匹为主要交通工具的民间国际商贸通道，源于古代西南边疆的茶马互市，兴于唐宋，盛于明清，可分为川藏、滇藏两路。

苏幕遮　虎跳峡[1]

矢飞蝗，风险赌。
猛虎穷途，跨跃疑无路。
恶浪冲天岂自顾。
置死而生，笑看追兵怒。

横湍流，如泣诉。
观者唏嘘，谁敢迎难渡。
不尽金沙经万古，
多少英雄，谱写豪情赋。

---

[1] 虎跳峡，以"险"名天下，是中国最深的峡谷之一。

醉花阴　丽水金沙[①]

入夜古城人已醉，
歌舞弥滋味。
律动画屏中，
梦幻云南，
七彩声光绘。

蹁跹靓丽春情沸，
神话传优美。
莫恋此销魂，
曲尽时终，
蜀土思珍贵。

---

① 《丽水金沙》以舞蹈诗画的形式，荟萃了丽江奇山异水孕育的独特的滇西北高原民族文化意象、亘古绝丽的古纳西王国的文化宝藏，择取丽江各民族最具代表性的文化意象，全方位地展现了丽江独特而博大的民族文化和民族精神。《丽水金沙》共分四场："序""水""山""情"。

醉花阴　印象①雪山

借幕雪山风景线，
五百农民演。
清水育芙蓉，
劲舞狂歌，
气势冲霄汉。

四方主客同浪漫，
明快铿锵赞。
满眼尽豪情，
七彩云南，
瑰丽霓霞恋。

---

① 《印象·丽江》是继《印象·刘三姐》之后推出的又一部大型实景演出，演出剧场
位于海拔 3050 米世界上最高的实景演出场地——玉龙雪山景区甘海子。

卜算子　梅

风送暗香飘，雪染斜枝彩。
谁诩严寒勇报春，三九无花海？

独秀并非冬，四季花常在。
唯念孤根入众芳，百样新时代。

减字木兰花　一滩鸥鹭

溪清流景，春水洗尘身洁净。
霞碎林晨，翅舞枝头挂白银。
一滩鸥鹭，忍看喧嚣侵碧渚。
留住惊鸿，鸟失家园人梦空。

喝火令　西岭晚霞

日月情如火，
乾坤美似金，
满天霞彩动人心。
西岭道风神韵，
披锦绣罗衾。

一夜倾盆雨，
清濯汗透襟，
任仙岚玉露轻吟。
美在黄昏，
美在日将沉，
美在晚来情至，
自会有芳音。

霜天晓角　观超级月亮未遇①

红蓝满月，
昨夜横空绝。
仰首问询云雾，
百年遇，
何阻截。

飞雪，
眼覆雪。
难挡心头热。
天下刷屏共享，
嫦娥美，
玉兔洁。

---

① 2018年1月31日，一场新年月全食在东方天穹上演。天文界称本次月全食为"超级满月＋蓝月亮＋月全食红月亮"的"三景合一"奇观，但成都云层较厚，笔者未能如愿观赏。

眼儿媚　荷花吟

甜靥含情掩娇羞，
清丽也温柔。
一潭碧绿，
几星红艳，
万种风流。

花容月貌余香爽，
陶醉忘悲秋。
田园赏美，
书斋寻梦，
苦乐兼修。

破阵子　壶口瀑布①

水底蛟龙卷浪，
穹隆虹霁生烟。
壮阔恢宏如怒吼，
唤醒眠狮万万千，
激情可破天。

两岸晋秦修好，
一川雄杰临渊。
共挽狂澜堪砥柱，
强势淘沙洗腐顽，
再听捷报传。

---

① 壶口瀑布，国家级风景名胜区，东濒山西省临汾市吉县壶口镇，西临陕西省延安市宜川县壶口乡。在水量大的夏季，壶口瀑布气势恢宏；而到了冬季，整个水面全部冰冻，结出罕见的巨大冰瀑。

叁 人生感悟

七律　垂钓

野渡晨昏老钓翁，身心无欲沐江风。
持竿漫写休闲意，放线常怀醒悟衷。
笑看贪婪堪蠢笨，珍崇厚道亦成功。
莫言美味皆能啖，险恶深藏诱饵中。

孟大川摄　垂钓

人生感悟

七律　迟爱①

老夫当发少年狂，深邃豪情乃华章。
暮鼓送归聊策论，红颜圆梦咏春芳。
唐风宋韵今何在，大吕黄钟久未忘。
著述诗词双手事，也将迟爱慰匆忙。

① 乙未羊年，笔者享政府特殊津贴、获政府优秀科研成果二等奖，主持国家社科基金课题《基层法治政府建设研究》初稿将成，可谓迟来的爱。

七律　六十周岁感怀（三首）

一

又逢本命未年羊，六秩光阴过隙忙。
三载饥寒身体瘦，十春动乱读书荒。
安贫乐道师君子，负重蒙羞克虎狼。
吃草奉予皆血奶，冰心如玉枕朝阳。

二

忙碌哪知少壮迁，倏忽六十别华年。
回眸堪笑糊涂事，翘首权当快乐仙。
定格功名忘俗务，养怡康健守丹田。
续岗活计还需苦，夕照云霞映大川。

三

乙未风云六十年，蜀西回望忆桑田。
巴山寒雨悲欢远，平野通途进退圆。
八载务农知苦难，一生从教效先贤。
身心不老良缘报，好运跟随快乐仙。

七律　老院落①

房旧楼空草木荒，飘零黄叶说炎凉。
相逢不见青葱美，离别方知月桂香。
雀落门楣啄往事，鸿飞天际送残阳。
同仁好友齐追忆，酎酒甩杯醉鬓霜。

孟大川　摄于成都行政学院温江旧址

① 学院自新中国成立伊始，几易其名。校院合并，舍二建一，闲置十年。近拟拆迁，忙乎其中，期望有果。

七律　雨水

生命源泉贵过油，复苏万物共祈求。
淅淅浸润田畴梦，汩汩滋泽草木喉。
巧妇浇花飞彩练，壮男种树理渠沟。
随风入夜驱霾雾，绿瘦红肥美意稠。

七律　惊蛰

蛰伏酣睡避严寒，暖雨惊雷始跃然。
缄口无声思夏梦，用心有意待春天。
忍饥挨冻初生苦，采蜜吟花晚景甜。
勤谨并非庸碌跑，择机蓄势享丰年。

叁

人生感悟

七律　夏至

流火徐来夜始长，斜阳举箸忆农忙。
金黄逐浪催收麦，嫩绿随波急育秧。
挥汗蝉哀饥渴汉，锄禾蛙吻相思娘。
以粮为本遵红线，饥饿三年切莫忘。

七律　大暑

大暑中伏酷热极，激情流火酿生机。
孕菽育稻温湿乐，积雨鸣雷步骤急。
曲线裙裾飘浪漫，痴心壮汉弃锄犁。
潜滋暗长丰收意，九月金风可授衣。

七律　立秋

三伏送爽叶先知，唯恐金风意欲迟。
晨露晶莹辞暑热，鸣蝉浪漫述情思。
稻菽饱满丰收美，农户仓盈愿望实。
喜雨驱悲何寂寞，果香花艳胜春时。

七律　白露

蒹葭滚泪泛晶光，雁去玄归意欲凉。
残荷折腰寒水白，伊人隔岸影姿祥。
桂香气爽弥晨月，叶老金黄映夕阳。
细雨秋风催落木，惹来玉露润华章。

人生感悟

七律　霜降

水雾成霜染叶红，芳华添彩暖寒风。
东篱涌菊香成阵，南雁捎云月似弓。
聚宝秋声山水乐，泛金冬藏食衣丰。
又逢九月初三晚，雨濯穹隆待碧空。

七律　立冬

寒流南下入冬天，老叶临风尚媗妍。
雨冷温低裘被热，草衰燕徙夏虫眠。
农家藏宰无闲库，商贾盘存有百廛。
惊恐忧思该了结，雪霜融化是新年。

七律　冬至

时令氛围似过年，意浓汤酽味飘鲜。
壮腰补肾熬羊肉，养体宁心忘水田。
天地玄黄冰冻始，阴阳表里喜悲牵。
冬临极致生春意，夜短情长恋醉仙。

七律　大别山行①

革命摇篮大别山，卅年浴血几危艰。
黄麻起义惊烽火，刘邓挥戈胜蒋顽。
百将建功青史载，三军发轫帅旗还。
中原逐鹿群雄出，摧枯拉朽亦等闲。

孟大川　摄于大别山

---

① 大别山位于安徽省、湖北省、河南省交界处，西接桐柏山，东延为霍山和张八岭，是我国著名的革命老区之一。

七律 乡村四月记忆

绿风领路入花田，苦辣酸甜忆少年。
星月照明蛙鼓擂，稻粱泛浪野花妍。
才忙收播无童叟，未了桑麻少睡眠。
勿忘三农基础重，充盈仓廪食为天。

孟大川　摄于云南元阳

七律　吊余老光中

唯听天下诵乡愁，如见诗人笑貌留。
著作若山堪四度，才思似海叹双头^①。
新娘翘首邮船远，老母呼儿热泪流。
写透凄凄离别苦，真情妙句共千秋。

---

① 双头来自余光中著名的《乡愁》，余光中反复使用"这头""那头"，读来一唱三叹，缠绵缱绻，故笔者在诗中简称其曰"双头"。

七律　端午悼屈原

浪漫诗人怎做官，现实忧患岂直言。
几君可悟离骚意，无主堪容犯谏男。
留著宏篇名万古，绝生汨水泪千年。
龙舟竞渡成游戏，粽酒精装买椟还。

七律　三伏夜雨

盆中闷热火般燎，但喜宜人夜雨浇。
风劲真情驱恶暑，云浓挚意赐良宵。
汗薰落日衣衫湿，水洗朝晖梦魇消。
卧听芭蕉旋律美，翌晨深巷杏桃娇。

七律　九月一日感怀

莘莘学子美时光，吾遇兹期忆复伤。
好读无门权利废，劣顽有格责任荒。
孝廉别父①收零卷，闹墨愚民举不良。
七七春风天抖擞②，十年才俊可担纲。

---

① 孝廉别父，源自"举秀才，不知书。察孝廉，父别居。寒素清白浊如泥，高第良将怯如鸡"。
② 天抖擞，源自"我劝天公重抖擞，不拘一格降人才"。

七律　中秋浓云锁月吟

浓云锁月似沉钩，研杜吟苏度中秋。
金桂流香嫌短暂，银丝乏力枉娇羞。
人无贵贱公平暖，月有盈亏遗憾留。
微信天涯同祝愿，满樽对饮共温柔。

七律　同学中秋饭局吟

别来卅载转头间，功业皆成不壮年。
豆蔻冰心留往事，青葱知命写新篇。
蜀都携手情无价，罗镇同窗苦有边。
聚首举杯须纵酒，金秋筑梦向明天。

七律　周末农家乐会友

邀友农家柳岸西，打牌酌酒话无题。
不嫌宴请席失档，可喜肴蔬质有机。
餐后输赢游戏乐，席前纵横见闻齐。
亲朋情谊需来往，淡饭粗茶笑相宜。

七律　鲁家滩①新貌

此处垂纶钓友多，曾经污染病沉疴。
浊流逐浪黄汤臭，垃圾推漂眼讯讹。
满目洁波翻旧页，沿湖绿韵咏新歌。
回归生态鱼凫乐，鲤跃人欢柳婆娑。

孟大川　摄于温江区鲁家滩

---

① 鲁家滩，金马河畔的一个小湖泊，前些年因环境污染严重，污浊不堪。近期整治后，花香鸟语，爽心悦目。

七律　智能手机

一机把握五洲联，无数功能便捷圆。
会友视频情浪漫，荡舟微信趣缠绵。
读查目拥千书馆，买卖心融百贾钱。
玩物丧邦铭古训，自媒谨记法规边。

七律 贺《潮起黄墩吟稿》付梓（二首）

一、《潮起黄墩吟稿》之二十四节

临窗叩乐颂乡风，关注农耕雅兴隆。
春种秋收诗亦美，夏耘冬藏韵由衷。
情随潮起千人异，景自心生四季同。
日月经天吟岁令，友朋手笔气如虹。

二、《潮起黄墩吟稿》之风光人文①

随君漫步水乡滨，美景缤纷次第新。
富庶江南春色重，人文甬上俊才珍。
桃源银杏连天地，梅岭农家说宦民。
临海听涛传喜报，黄墩潮起诵诗人。

---

① 应中华风雅颂顾问无羽先生之请，为他的《潮起黄墩吟稿》在出版前写点诗，诗友之意，不能不为。捉襟见肘，见笑大方！

七律　业余老人乐队

休闲娱乐自逍遥，丝管歌喉向九霄。
旋律入云牵往事，激情出键忆春潮。
曲亲耳顺应声众，气正头昂雅趣饶。
川韵蜀风萦柳岸，锦城天籁四时飘。

七律　广场健身队

人生四季美如花，半老风姿胜夏华。
有氧健身祛恙痛，无虞惬意福全家。
踏歌起舞心情爽，和络舒筋体态佳。
广场爹妈多俏丽，顽童潇洒走天涯。

七律　冬日阳光[1]

蜀犬何时吠雾邦，蓝天慷慨嫁冬阳。
呼朋结伴游郊野，笑语欢歌晒鬓霜。
蓓蕾已知花意乱，壮枝罔顾朔风狂。
老夫喜唱黄昏颂，放马南山醉味江。

七律　腊八节沐暖阳

梅红棠靓意生春，霜雪无为草色新。
衣好不知三九冷，粥丰更喜腊八淳。
素颜携手同寻爱，鹤发临风可效颦。
一日暖阳多犬吠，额手称庆少霾尘。

---

[1] 味江，流经崇州市街子古镇的河流。

七律　闻大巴山纳雪

飞雪如银漫北天，自媒微信刷屏传。
红梅裹玉含情笑，裸柳舒心舞兴跹。
半壁河山迎吉瑞，全封田野饮甘泉。
程门立等①时何在，恣意寒风浸忘川。

---

① 程门立等时何在，即程门立雪，出自《宋史·杨时传》，"见程颐于洛，时盖年四十矣。一日见颐，颐偶瞑坐，时与游酢侍立不云。颐既觉，则门外雪深一尺矣"。

人生感悟

叁

七律　久霾逢雨初霁

雨打残蕉洗耳听，迎风开牖任飘零。
远城重见摩天厦，近友相逢绿地亭。
气爽花新真宝贵，草廉蚁贱未苏醒。
老天可敬依民意，下雨吹风社稷宁。

七律　久旱喜雨临窗^①

忽闻窗外滴嗒声，喜雨如期润锦城。
睁眼开轩祛噩梦，和衣觅句忆农耕。
街头花伞缤纷绽，田野春苗浪漫迎。
洁净清风如美酒，开怀畅饮泪晶莹。

① 自去年 12 月 25 日下过透雨后，成都一直基本无雨，直至昨日 2 月 8 日如愿，欣然得句。

七律　教书匠①（二首）

一、站讲坛

修炼经年寂寞行，案头收蓄数番成。
登堂独领风云会，出口常关社稷情。
沥血呕心传道业，安贫乐教守坚贞。
几人可释真疑惑，回首难堪白发生。

二、写论文

苦心孤诣著文章，深夜挑灯写稿忙。
理论创新堪奋勇，书山觅径勿彷徨。
同行聚会风云涌，观点交流俊杰狂。
民族振兴需智库，纵横求索路迷茫。

---

① 教书四十二年，唯站讲台、写文章，行将退休，感慨系之。

七律　孔府①朝圣

儒术源头谒圣公，但悲不见五洲同。
金声玉振催人醒，至理名言济世穷。
革命何曾师孝义，掌权必当劝仁忠。
礼崩乐坏谁之过，华夏依然祭古风。

---

① 衍圣公府，俗称"孔府"，位于山东曲阜城内孔庙东侧，是我国现在唯一较完整的明代公爵府。

七律　孟府①寻根

鲁邹拜祖觅根行，故土金风叙族情。
断织迁居懿德厚，贵民仁政巨儒荣。
千年宏论留瑰宝，一代英才化永生。
府庙深深先祖在，圣裔家祭最虔诚。

---

① 孟府，位于邹城市南关，亦称"亚圣府"——元文宗至顺二年，孟子被封为"邹国亚圣公"，故被称为亚圣公府。

七律　故土^①丝罗乡颂

巴山深处有明珠，毓秀钟灵美画图。
林富山珍堪宝库，田肥水稻实膏腴。
读耕为本源流远，忠孝传家俊杰殊。
古树新枝今又绿，乡愁不禁梦归途。

① 故土万源市罗乡是大巴山著名的银耳之乡、药材之乡、水稻之乡、文化之乡。

人生感悟

七律　巾帼英杰何莲芝^①

故园众口赞英名，巾帼刀丛赴远征。
入籍红军辞苦海，结缘董老守贞情。
拒亲索位廉风暖，谢马回乡梓里荣。
野菜教孙香四海，巴山蜀水见初心。

---

① 何莲芝，女，万源市丝罗乡陈家河村三组人，中共党员。1933年在万源参加红军，1935年参加长征。到达陕北后，与董必武同志结为夫妇。历任万源县游击队队长、万源县委妇女部长、甘泉县委妇女部长、陕甘宁边区招待所所长、华北人民政府秘书。在1937年延安大生产运动时期被陕甘宁边区政府评为一等劳动模范。中华人民共和国成立后，历任政务院法制委员会办公厅秘书、中国妇女运动资料委员会委员、第五届全国政协委员等职。何正春方知失散多年的大姑何莲芝已是中华人民共和国副主席董必武的夫人，产生了要"沾光"的念头，几次三番要求为其谋差事，都被董必武和何莲芝拒绝。何莲芝语重心长地对何家后人说："你们留在家乡好好送孩子上学，培养成人，不辱何家门风。"何莲芝曾三次回乡省亲。1950年回乡探亲时，因老家丝罗公路未通，需走百多里的山路，县领导为她准备了马，何莲芝婉言谢绝，说道："看望父老乡亲，如果乘马坐轿，岂不逗人笑话，共产党的干部能忘本么？"1979年何莲芝最后一次回乡，她特地来到二层岩红军长征渡口，找来草根野菜，与小女、小孙一同食用，教育他们："永勿忘本！"

七律　重阳吟

童心鹤发漫秋风，老众如潮夕照红。
结伴欲仙寻趣境，举樽邀月醉愚翁。
登楼觅友茱萸少，识路随心智慧丰。
霜色成银金不换，小康晚景乐无穷。

七律　丁酉腊八节即感

冻饿当年境未遥，而今腊日粥香飘。
衣单褴褛寒风恶，腹饱宽松雪景娇。
鼠藏杂粮成美味，人逢盛世喜良宵。
庆丰祈福民康乐，以食为天国运昭。

七律　春日柳城吟柳

曼舞轻歌正适时，何须艳抹饰苏枝。
绿风缕缕春潮漫，爱侣依依水岸丝。
媚眼多情含莹雨，纤腰无力诱骚诗。
半城杨柳齐摇曳，款步佳人入梦迟。

孟大川　摄于成都温江区公园

七律　听降央卓玛唱张守伦何均《老屋》

降央老屋唱思乡，天籁深情欲断肠。
曲谱蕴含游子意，歌词抚慰别愁伤。
寒冬飞雪心温暖，音韵驱忧梦醉香。
不忘初衷铭故土，同门好友著华章。

叁

人生感悟

七律　蓉城万商赞[①]

平民致富最艰辛，发轫从零靠自身。

立己达人凭智慧，仁德厚爱守诚真[②]。

胸怀四海儒商志，回馈乡邦故土亲。

集腋成裘终创业，蓉城各界赞诸君。

---

① 笔者应邀赴成都万源商会团拜会有感。

② "立己达人，仁德厚爱"为万源成都商会宗旨。

七律　回故乡车途感怀

午辞西蜀暮东川，千里行程仅半天。
碧水渠江仙雾袅，青山绿树氧风鲜。
情牵往事愁云涌，蜜忆伊人盼月圆。
忽现经年游子梦，桃源故土可耕田？

七绝　春节（七首）

一、春运

春去春归心似箭，人来人往路如虹。
远游千里家呼唤，何惧舟车互挤拥。

二、春联

朱墨飘香书艺好，红颜贴户对联绝。
句金话美吉祥意，凤舞龙飞喜庆节。

三、挂红灯

红红火火挂门窗，喜喜洋洋冀瑞祥。
万户千家团聚日，新桃更比旧符强。

四、春晚

春晚佳肴已自然，除夕文化举国餐。
欢歌笑语生民乐，送旧迎新又一年。

五、祝福

短信传媒劝莫愁，微博网络看全球。
吉祥如意虔诚愿，友谊亲情去冷流。

六、压岁钱

可怜天下老人心，望子成龙压崇沉。
红色封皮钱有价，幼吾所幼胜千金。

七、放鞭炮

鞭炮烟花震夜空，发明创造戏苍穹。
西洋借此成枪弹，挨打当移丑陋风。

七绝　现代交通赞（六首）

一、国际航班

腾云驾雾海天游，插翅随心走五洲。
异域风情收不尽，悟空仙界也惊羞。

二、动车高铁

迢迢千里何足愁，高铁随心任尔游。
忽见戴宗呼等待，飞龙已越数山丘。

三、高速公路

飞錾钻山贯九州，纵横交错网罗稠。
畅途致富平民梦，喜入康庄快速流。

四、都市地铁

遁地潜行闹市游，省心快捷梦中舟。

封神榜上谁称冠，且看今朝地铁牛。

五、共享单车

闹市随心解锁游，低碳廉价草民求。

何时共享千般物，梦现桃源可自由。

六、家用轿车

温馨私密自由游，尽兴随心走九州。

曾为贵人抬轿者，如今坐轿也王侯。

七绝　春摄滇东南（五首）

一、东川红土地

土地多情生七彩，山河有爱养斯民。
艰辛农业新篇美，浪漫村庄好梦真。

二、建水怀古

朱家豪宅感炎凉，易主房中客满堂。
古阁龙桥逾百载，沧桑阅尽叹兴亡。

三、坝美桃花源记

乘舟进洞入桃源，未感陶令笔下言。
忽遇渔夫频撒网，悉听秦汉改新元。

四、青龙山眺远

湖映峦群倒影丰，日升远岸水乡红。

青龙山顶游人早，三世前缘入镜中。

五、罗平金海银瀑

菜花金海泡群峰，飞瀑银波说九龙。

三月罗平繁华落，且留来日觅芳踪。

孟大川　摄于云南东川

人生感悟

七绝　校内新课试讲有感

杏坛春讯染花红，雏凤和鸣暖绿风。
腹有诗书优雅美，学无浮躁德才崇。

七绝　盼雨

盼雨常期雨讯息，河干霾重市农急。
何当共祭梅枝雪，融作清流入蜀渠。

七绝　山居

风清雾净靓颜红，篱翠菊黄簇处翁。
古镇幽林千载寺，临山似与故乡同。

七绝　酷暑

气闷日炽火炉燎，车海人潮怪味飘。
大众辛劳挥汗雨，世间难有共空调。

七绝　乡恋（二首）

一、乡情

鸟唱蛙鸣草色新，牛憨犬义友情淳。
炊烟袅袅弥鲜味，小路弯弯念故人。

二、乡友

少离故土暮还乡，携手顽童两鬓霜。
人海茫茫谁懂我，知根好友话沧桑。

孟大川　摄于万源市丝罗乡

七绝　夜雨醉思（三首）

一

夜雨飘香醉蜀风，巴山飞韵慰樵翁。
纯粮老窖深闺出，散尽千金复酒盅。

二

夜雨缠绵欲断肠，远山呼唤返原乡。
酸甜苦辣皆蹉跎，只把愁思酌酒觞。

三

昨梦伊归已有期，蜀西夜雨漫春池。
与君将饮纯粮酒，共话巴山孟夏时。

五律　回乡情思

归途车毂慢，故土血缘亲。
叨唠孩提事，踟蹰老辈门。
树还青翠树，人已鹤发人。
桑梓春风暖，难寻豆蔻心。

五律　美女与摄友[①]

风景诱佳能，无人少影魂。
蜀中多美女，图片喜青春。
顾盼温柔意，娇羞豆蔻心。
快门频响处，摄友早成群。

[①]　青羊区摄影家协会举办"金沙讲坛"，分享摄影家的摄影成果，还安排了模特摄影活动，作者配五律以记之。

五律　外孙戏鱼

孙回姥姥家，径向水池趴。
小手拍波涌，全身挂浪花。
鱼鱼忙摆尾，嘴嘴想亲她。
一起玩游戏，娃娃做老妈。

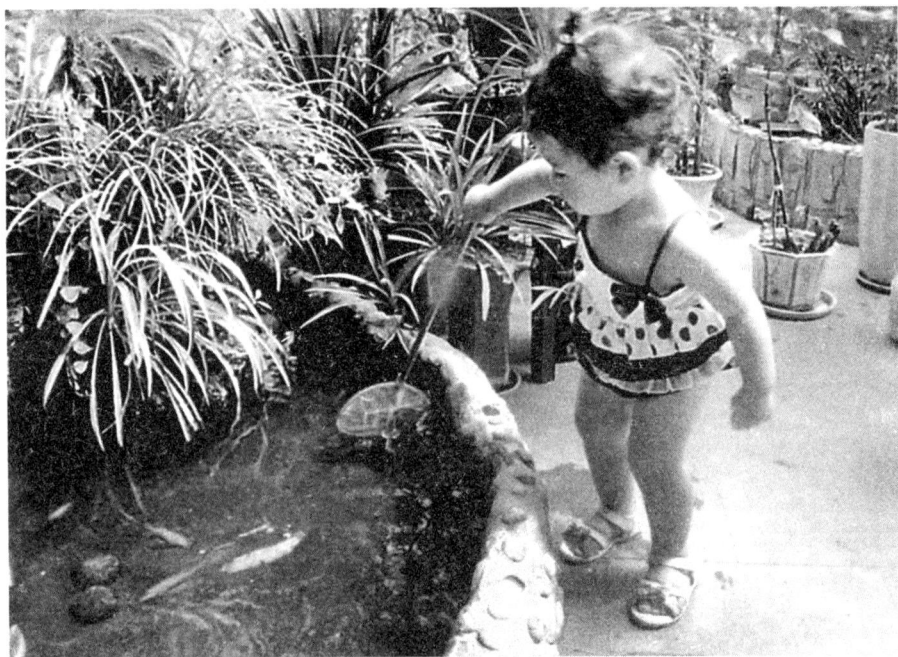

孟大川　摄于温江

五绝　当年巴山月（三首）

一

松间升皓月，山野若灯明。
田地多身影，嫦娥助播耕。

二

碧溪摇疏影，素手洗芳心。
月动波光碎，伊人捣汗襟。

三

月挂树梢头，黄昏壮汉愁。
胡琴悲苦恋，竹笛忆温柔。

五绝 当年巴山雨①（三首）

一

雨讯染朝霞，风狂断树丫。
农夫忙作堰，等水好耕耙。

二

暴雨袭东山，泥流任野蛮。
土崩田路毁，房倒怨民艰。

三

夜雨润春心，窗棂奏乐音。
翌晨夫妇早，恩爱种黄金。

---

① 农谚说，"朝霞不出门（要下雨），晚霞行千里（天晴）"，古时农民还可自由地行千里，但当年不行。当年毁林开荒，刀耕火种，一遇暴雨，轻则水土流失，重则田毁房倒。三十年的停耕还林，使山地灾害明显好转。

五绝 当年巴山路①（三首）

一

过河赤足凉，越岭草鞋伤。
棘横崎岖路，身难到远方。

二

身背重物行，百里两天程。
失学心中苦，崎岖路不平。

三

晨行迎曙光，暮宿送残阳。
鸟语花香处，乡亲有热肠。

---

① 当年因不通公路，常当大巴山小背二哥，背公粮，背煤炭，背百货，负重行走五十
里至一百里的山路，肩酸脚痛，苦不堪言。

五绝　山居杂咏（四首）

一

幽岚润翠微，栖鸟唱芳晖。
古寺晨钟响，乡愁伴梦归。

二

山中已数天，城里未千年。
几度东篱梦，梅香醉谪仙。

三

城里雾霾蒙，山间翠色丰。
远观名利客，近仰种兰翁。

四

青山拒雾霾，碧水爽胸怀。
陌路温馨笑，朱门寂寞开。

十六字令　忙（八首）

其一
忙，岁月匆匆半百郎。
头飞白，负重伴斜阳。

其二
忙，准备精心站讲堂。
形神累，力尽也昂扬。

其三
忙，煞费痴心著论章。
寻蹊径，路难觅星光。

其四
忙，实践求真上法堂。
多风险，扶正冀良方。

其五
忙，社会需求鼎力帮。
非名利，善举应弘扬。

其六
忙，力尽精疲自复伤。
生存业，劳累效忠良。

其七
忙，主业兼薪难撂荒。
精诚做，无愧对爹娘。

其八
忙，网络交流意趣香。
忙毋忘，好友诉衷肠。

十六字令　山（七首）^①

其一
山，祖辈生存在此间。
耕和读，繁衍旺千年。

其二
山，伟岸雄奇立九天。
惊回首，群岭似泥丸。

其三
山，横亘蜿蜒卷巨澜。
峦如聚，绿浪望无边。

其四
山，毓秀钟灵孕俊贤。
为家国，赤胆也忠肝。

其五
山，深邃神奇万宝源。
思维转，致富可挖潜。

其六
山，空气清新水涌泉。
喧嚣远，颐养百年欢。

其七
山，梦绕魂牵忆少年。
乡愁重，往事未如烟。

---

① 山，特指大巴山。据《亚圣宗谱》记载，"元末，红巾义楚，避难来川"。我五十四代祖孟相孝公，自湖南安化携家落户于通江洪口乡。我辈属七十五代，家族生存于大巴山，至今近七百年历史，族人遍布四川各地。

清朝道光年间，大巴山上的万源中坪乡人张必禄，先后任四川提督、云南提督、贵州提督，戎马一生，战功赫赫，被誉为四川抗英第一人。

十六字令 羊（八首）

其一
羊，生肖群中最善良。
心温顺，同类爱无伤。

其二
羊，忍受饥寒度食荒。
贫不弃，枯草可当粮。

其三
羊，山岗高原觅食忙。
颜如玉，点染美山乡。

其四
羊，峭壁悬崖欢悦忙。
如平地，阔步闯山梁。

其五
羊，吃草予人肉奶香。
知恩报，跪乳也流芳。

其六
羊，尔雅温文克虎狼。
厌争斗，乐观便安康。

其七
羊，和睦温良喜气洋。
遵规矩，多有领头羊。

其八
羊，厚德包容冀瑞祥。
龙羊一，圆梦共炎黄。

叁

人生感悟

南乡子　蓓蕾童年

孙女美如花，
聪慧天真懂事娃。
姥姥抱她花海戏。
哇哇，相遇游人众口夸。

孙女问鲜花，
你的妈妈在干吗？
涕泪玫瑰不说话。
妈妈，快把糖糖喂小花。

钗头凤　悟

玫瑰粲，樱桃鲜，
靓眉姝丽颜值短。
春华美，秋实贵。
物属权主，尔若贪媚。
累！累！累！

痴心念，体神倦，
斜阳残照桑榆晚。
闲寻味，忙无愧。
听天安命，乐观宽慰。
美！美！美！

人生感悟

清平乐　元旦

新桃贺岁，
飞雪驱霾晦。
盘点一年闲与累，
随意便得快慰。

时钟又是初元，
隆冬数九依然。
风雨人生如梦，
前路知向谁边。

水龙吟　端午

龙舟奋勇争先，众生可是英雄手？
喧声鼎沸，莺飞雀舞，一川醉叟。
天问如波，离骚如诉，旗飘锣吼。
看草香人美，延龄幽客，独难见，九歌奏。

嘉树坚贞弥久，任枯荣，千年内斗。
抟心一志，循绳恶颇，屈原操守。
仁岸花丛，茗茶把盏，聊邀儒友。
叹江流，不尽新潮巨浪，古风仍旧。

人生感悟

临江仙　端午

抱恨投江悲剧远，人心永辨忠奸。
沉湘浩气越千年。
举杯黄酒祭，米粽洒东川。

深固不移贤者志，唯图民富国安。
浊清醉醒苦熬煎。
离骚天问在，求索路艰难。

忆秦娥　清明（二首）

一、祭父母

霜风烈，桃花梦断西窗雪。
西窗雪，还寒乍暖，路无车辙。
阴天冷雨心愁结，焚香遥寄巴山月。
巴山月，双亲远去，几番伤别。

二、寻忠烈

清明节，陵园路上心千结。
心千结，虔诚叩首，纸香飞雪。
苍松古道音尘绝，善男信女寻忠烈。
寻忠烈，英灵何在，断魂伤别。

叁

人生感悟

忆秦娥　念知音

严霜烈，春风未暖巴山月。
巴山月，古城清影，少年伤别。
柳河岸畔度佳节，茱萸遍插知音缺。
知音缺，情笺微信，念兹心切。

西江月　教师节自语

迎面金风送爽，回眸硕果飘香。
今生无悔教书郎，道义文章守望。

仰看星河灿烂，低吟广宇苍茫。
清贫寂寞最阳刚，豪气依然激荡。

西江月　井冈山培训感怀

赤蠹戎装鲜亮，绿风修竹频摇。
黄洋界上颂歌飘，浓雾如烟缭绕。

小路觅踪潮涌，大权执手天骄。
疆场无数殁英豪，为汝抛头谁笑。

柳梢青　我的庆典（二首）

一、工龄四十五周年纪念①

童少临渊，神伤形累，命舛时艰。
盛世徐来，风云际会，小获心宽。
光阴转瞬如烟，忆往事、几经磨难。
四十华年，尽忠传道，恬淡清廉。

二、干教三十三周年纪念②

学海攻关，苦寻真见，两度辞官。
口授微言，胸存大义，笔舌如椽。
任凭浪卷云翻，卅年里、初心不迁。
天道酬勤？从来人事，自有因缘。

---

① 1973年初春，笔者初中毕业，随即失学，开始务农。后落实了从1973年开始的知青工龄政策。至今，工龄四十五周年。

② 1983年，笔者在省城学习《资本论》，年底回去时，已由中学调入县委党校。工作十三年整，调入成都工作至今。其间，两度辞去领导职务。至今，从事干部教育三十三周年。

小重山 秋夜思（二首）

一

窗外寒蛩不再鸣。望风中杏叶、始飘零。
开轩凉意伴君行。更夜幕，孤月羡群灯。

身倦忘功名。山居林翳处，好归程。
欲将惆怅诉人听。芳邻少，梦醉待晨明。

二

不耐衾单五更寒。秋声窗外响，夜阑珊。
起床独坐勿开轩。书斋里，皓首觅真言。

多虑自难欢。穷经成岁月，苦熬煎。
常将血汗力攻关。如流水，转瞬到残年。

鹊桥仙　七夕①

柔肠寸断，佳人哭诉，爱尽恩消苦度。
山盟海誓短相逢，便从此，形同陌路。

诺言似水，姻缘如梦，惨睹落红无数。
两情未有久长时，叹婚事，真若坟墓。

---

① 律所坐班，代写离婚诉状和离婚协议各一份，接待离婚咨询数人。恰逢中国情人节，有感而发。

虞美人　故乡老屋

百年祖屋亲不见，热泪弥双眼。
木门紧闭敲无声，断壁残垣落叶独飘零。

邻家小妹今何在，已把红颜改。
产权财富转头空，唯有新枝古树绿葱葱。

一剪梅　故乡古树

一派生机雨露浇，翠色欲滴，清气思飘。
路人驻足仰天观，叶染虹霞，鹊舞虬条。
何日时光架隧桥，豆蔻童颜，树下相邀。
长安驿道马蹄声，远径铿锵，近荡山坳。

画堂春　吟诗沙龙即感

薰风化雪暖沙龙，吟哦声韵玲珑。
画屏浮眼景无穷，意境醉文翁。
花径蝶飞摇影，柳湖鸥舞寻踪。
悉听众口咏由衷。桑梓美更浓。

画堂春　团年酒话即感

红灯笑脸竞摇红，酒家香漾春风。
小杯酙满一年功，丰醉孺翁。
莫愁前路雾迷蒙。手相携、苦乐和衷。
饮干辛劳也英雄。气贯穹窿。

洞天春　地铁直达家门口抒怀

春风隧洞流韵，步履铿锵速进。
一任城中塞车窘，勿须心劳顿。
无尘减碳畅顺，且把时光握紧。
解米同舟，远方遵约，情归佳讯。

水调歌头　中秋月

月饼不难有，赏月有时空。
老天难遂，常锁霾雾雨云中。
人欲心思圆顺，天地独行规律，实难自然同。
试想胜天意，华夏梦无穷。

醉生死，求富贵，望当红。
桑田沧海，违抗天命影无踪。
天有风云雨雾，人有哀愁喜乐，皆在必然中。
需道法天地，好运自相逢。

水调歌头　教师节

流火渐消逝，浴送爽秋风。
颂歌高唱，杏坛今日节庆浓。
一代精英执教，承受清贫寂寞，操守谨遵从。
笔下辟天地，舌上见奇功。

看桃李，争斗艳，遍寰中。
平生无悔，甘做烛炬或艄公。
不羡达官厚禄，不慕土豪暴富，人去转头空。
但愿百年后，师道业更红。

采桑子　重阳

人生最是金秋好，
岁到重阳，人似斜阳。
知命华章硕果香。

寒冬酷暑匆忙过，
大好秋光，胜过春光。
枫叶正红笑待霜。

江城子　青城夏夜听雨

云浓恋意雨浓情，爽风清，夜乡宁。
微卷帘栊，任燕语莺声。
水漫小溪心海醉，天地爱，激情盈。

何时蛙鼓似哀筝，戛然停，耳不鸣！
霞蔚壑流，依旧是童贞。
忽忆如烟年少季，巴山梦，见青城。

人生感悟

阮郎归　茶思

清风拂柳慢开轩，相思凝远山。
茗香独坐雀茶残，唯惜豆蔻年。
春醒晚，走西川，孑然闯难关。
转头夕彩改朱颜，诗心满信笺。

摊破浣溪沙　鼓浪屿

海浪逢礁似鼓鸣，东风絮语忆刀兵。
岩顶望穿远岛景，愿安宁。
小巷馨香随倩影，洋楼亭榭好琴声。
近代足音悲喜曲，用心听。

忆少年　乡关愁思（三首）

一、汉王关①

千年驿道，梯颓关废，寂寥行客。

登峰望山外，渺茫云烟隔。

觅少时童心稚魄，情难归、已无桃色。

垦荒纵马处，只剩千古柏！

二、马鞍寨②

峰峦如海，马鞍似舰，劈涛斩浪。

摩崖石窟美，路凿悬岩上。

据险安民孟老将，退剿贼、智勇顽抗。

一方富饶土，皓月同仰望。

叁

人生感悟

三、宝林寺[①]

千秋古刹，百年学庙，俊才褓褓。

新房建故地，旧景更缥缈。

唤友呼朋无发小，独凄凉、四顾枯槁。

石狮去何处，未闻书声绕。

---

① 宝林寺，中华人民共和国成立前为佛教寺庙，中华人民共和国成立后改庙为校。笔者自小学三年级至初中一年级在此读书。

忆少年　童年

不忙柴米，不谙世事，不知愁味。
衣食靠父母，撒野常无畏。
捉鸟抓鱼任恣意，开裆友、啸聚街尾。
童言此何在，鬓白思小鬼！

忆少年　少年

少衣少食，少知少识，少愁少病。
虽家道中落，爱觅书丛景。
幼骨难堪劳饿冷，小童农、只可听命。
蹉跎岁月贵，十年荒野岭。

行香子　来蓉二十周年纪念[①]

弃冠离乡，别父抛雏。
闯西川，另画蓝图。
早春寒月，迟暮穷儒。
破锁前行，行巴蜀，行鱼凫。

陌生新境，迷茫孤独。
任功名，零点全无。
苦研爱业，博览佳书。
笔舌同笑，笑富贵，笑官途。

---

① 笔者事业正兴旺之时，被成都行院引进调入。1996 年 3 月 17 日，暂别家人，离别故土，来蓉报到。转瞬二十年，特作此诗纪念。

长相思　赏花偶感

香风吹，暖风吹，吹得芳菲染翠微。黄昏乐忘归。
激情飞，诗情飞，醉在花丛舒皱眉。岂知星月危。

长相思　年味

年味浓，喜气浓，浓染灯笼舞长虹，神州处处同。
路匆匆，人匆匆，久别归鸿心意丰，月圆迷醉翁。

长相思　律友青城酒会

茶一杯，酒一杯，团拜同仁闹翠微。身心驿站归。
不伤悲，不摧眉，笑语喧声豪气飞。惧何星月危。

鹧鸪天　中秋雨

中秋前后，连绵秋雨。赏月无望……
连日浓云玉兔惊，
相思泪化水飘零。
婵娟难共枌榆远，
遥寄乡愁缱绻情。

豪放饮，醉孤灯，
夜阑独卧伴流萤。
桂花凋落香如故，
雨打芭蕉侧耳听。

天仙子　桂花飘香

疑是嫦娥斟桂酒，
香满人间馋老叟。
举头遥看月中仙，
孤泪守，鲛绡透，
何似花丛潇洒走。

美女喷芳飘彩袖，
迎面惊鸿频转首。
哪堪木樨比娇羞，
独等候，黄昏后，
难舍明年方邂逅。

调笑令　岁寒三友

一、松

凌烈，凌烈，满身寒霜白雪。
依然苍翠高洁，笑看枯枝叶绝。
绝叶，绝叶，凸显气节如铁。

二、竹

长竿，长竿，劲节虚心无忝。
篁叶虽淡经年，绿鬓婆娑满山。
山满，山满，天际何曾望断。

三、梅

唯美，唯美，暗香最堪回味。
寒冬独散芳菲，雪虐风摧蕊梅。
梅蕊，梅蕊，墨客骚人皆醉。

如梦令　青城后山登高①

直上青城云庙，
树绿气清雾袅。
五彩客如潮，
点缀青山姣好。
拍照，
拍照，
入镜佳人微笑。

---

① 仿《团扇》韵。

叁

人生感悟

肆 时政抒怀

七律 改革开放礼赞

解愠熏风化覆冰，神州巨擘启航程。
布新鼎故除积弊，正本清源救众生。
设计改革盛世久，巧施韬晦地球宁。
治国伟略唯求是，一代人杰倡复兴。

七律　日本大地震

忽闻震啸创东瀛，隔岸悲情善悯生。
地动水淹神作乱，电离核射鬼专行。
天灾吁待全球救，人祸还当上帝惩。
可恶倭邦多魍魉，平民互济共舟乘。

七律　路怒症①

车阻那堪生戾气，路难共济慰同舟②。

违章斗狠吞悲果，施暴挥拳坐狱囚。

修德宽容君子美，依规守法市民优。

莫名怒火须平息，人肉私情劣行羞。

---

　　① 路怒症，顾名思义就是带着愤怒去开车，指汽车或其他机动车的驾驶人员在驾驶过程中出现攻击性或愤怒的行为。

　　② 共济、共舟源自杜甫的诗句"减米散同舟，路难思共济"。

七律　川军抗日①颂

风哭雨泣正秋寒，壮士单衣过夔关②。
死字义旗铭父老，健儿热血荐轩辕。
疆场忠勇为国逝，故土箪壶忘我援。
巴蜀悲歌多惨烈，不容倭寇度阴山③。

孟大川　川军抗日颂

---

①　出川抗战的350多万川军，有64万多人伤亡。毛泽东在1938年3月发表讲话："从郝梦龄、佟麟阁、赵登禹、饶国华……诸将领到每一个战士，无不给予全中国人以崇高伟大的模范！""八年抗战，川军之功，殊不可没！"毛泽东挥毫写挽联哀悼王铭章："奋战守孤城，视死如归，是革命军人本色；决心歼强敌，以身殉国，为中华民族争光！"

②　出夔关，非实指，出自1937年9月5日，成都少城公园内人山人海、战旗飘扬。四川省各界在欢送出川抗敌将士，刘湘、邓锡侯等将领莅会讲话，表示抗战决心。唐式遵朗诵了刚写不久的一首诗以明其志："男儿立志出夔关，不灭倭奴誓不还。埋骨何须桑梓地，人生处处有青山。"少城公园内数万军民泪如雨下，掌声如雷。

③　度阴山，出自唐代诗人王昌龄的《出塞》："秦时明月汉时关，万里长征人未还。但使龙城飞将在，不教胡马度阴山。"

七律　九一八祭

警报凄惶耳际鸣，百年屈辱忆油生。
北营炮响欺贫弱，东岸波汹露狰狞。
血性成城中兴近，狮威筑梦小康迎。
强军重器英雄握，怒海狂飙贼寇惊。

七律　红色延安颂[①]

圣地寻踪感万千，辉煌往事叩心弦。
山沟马列唯求是，边土军民共屯田。
濯垢延河人有志，镇妖宝塔鬼不前。
周期规律兴亡鉴，谨记毛黄民主谈。

七律　绿色陕北赞[②]

裸土飞尘漫古原，陕西印象勿从前。
青山着意遮羞体，绿水开心润嫩颜。
卅载改革耕牧禁，万家劳作获得添。
黄河清澈非神话，沙暴风刀遁忘川。

---

① 笔者随学员赴延安培训，收获良多。
② 自西安去延安四个多小时的高速公路两旁，绿树成林，溪流淙淙，青山多娇。原有印象中的黄土裸露，黄尘扑面的景象难觅踪迹。

七律　写在"五四青年节"

期颐往事未如烟，五月豪情似火燃。
每忆童真哀老骥，时存梦想慕青年。
城春最忌罡风卷，国破常需勇士先。
书剑胸怀今尚在，鲜花束束祭前贤。

鹊桥仙　中秋国庆双节至

醒狮长啸，
嫦娥曼舞，
豪放婉约共度。
中秋华诞喜相逢，
再回首、英雄无数。

征程如画，
激情似火，
斩浪劈涛阔步。
民族复兴久安时，
便胜却、洋贼强虏。

忆秦娥　马航客机失联①

哭声咽，
全民叩问南洋月。
南洋月，
杳无音讯，
马航伤别。

海天辽阔人踪绝，
霾遮雾障罡风烈。
罡风烈，
迷茫凄楚，
波诡云谲。

---

① 2014年3月8日，忽闻马来西亚航空公司MH370航班失踪，机上有154名中国同胞，至今尚无消息，迷雾浓云，心情沉重。谨以此词祈祷航班归来！

肆

时政抒怀

忆秦娥 长江泪

狂浪烈，
游轮转瞬天灾绝。
天灾绝，
生灵数百，
地天伤别。

官东①团队堪英杰，
军民上下同关切。
同关切，
自然可畏，
泪流陵阙。

---

① 官东，男，1991年生，海军工程大学潜水员。2015年6月2日，潜水员官东参与了"东方之星"沉船救援，在找到被困人员后，官东将自己的潜水装备让给了对方，使其被顺利救出，而自己险被急流冲走。

忆秦娥　津门祭

雨呜咽，
津门爆炸①灾情烈。
灾情烈，
蘑菇气浪，
人亡车裂。

救援勇士堪英杰，
舍生赴死身躯折。
身躯折，
痛肠伤别，
谨记前辙。

---

① 2015 年 8 月 12 日，天津滨海新区塘沽开发区的瑞海国际物流有限公司所属的危险品仓库发生爆炸，损失惨重。

忆秦娥 悼余旭[①]

花如雪，
木兰血染长空月。
长空月，
云揩泪雨，
霞祭忠烈。

蓝天凤影音容绝，
神州巾帼英魂别。
英魂别，
琴心剑胆，
敌遁倭灭。

如梦令　纪念抗战胜利
七十周年阅兵感怀

一

携手消除鬼魇，浴血染红期盼。
长忆八年时，举国英豪赴难。
慨叹，慨叹，惨烈逐倭凯旋。

二

方阵雄姿飒爽，铁骑势不可挡。
看我剑出鞘，定教贼顽胆丧。
雄壮，雄壮，华夏怒狮守望。

三

展示雄师神器，警告倭人鬼鸷。
看亿万英豪，敌贼望风披靡。
胜利，胜利，呵护和平正义。

破阵子　朱日和阅兵感怀①

烈日挥戈舞剑，狂飙助阵排营。
千万里江山注目，九十年强军振声，
沙场夏点兵。

铁骑罡风劲扫，敌酋傻眼魂惊。
盘马践行元首令，劲旅重兴大国名，
梦回希冀生。

---

① 2017年7月30日，庆祝中国人民解放军建军90周年阅兵在内蒙古的朱日和训练基地举行，解放军1.2万官兵、600余台装备、100多架飞机接受检阅。笔者通过电视屏幕同步观看这一盛况，感慨之余，步辛弃疾《为陈同甫赋壮词以寄之》韵以记之。

满江红　钓鱼岛（二首）

一

冷雨寒波，东海浪、百年积愤。
军国鬼，阴魂不散，几番寻衅。
贼寇无伦终败北，睡狮初醒罡风振。
大中华、崛起赶超时，惊倭阵。

犹难忘、卢沟困，心特痛、南京恨。
钓鱼神州岛，岂容疑论。
尝胆卧薪图强梦，厉兵秣马军威震。
复兴旗、聚亿万英豪，狂飙进。

二

旧恨新仇，炎黄怒、群情激荡。
钓鱼岛，云谲波诡，寇贼狂妄。
鬼魅痴心犹未灭，神州崛起螳螂挡。
保家国、众志对凶顽，驱浊浪。

马关耻、终难忘，南京辱、钟常响。
改革除积弊，富民图强。
守土定邦兴盛日，醒狮昂首雄风壮。
待来时、护世界安全，敌魂丧。

江城子　抗震救灾

惊魂甫定复逢灾，众同哀，泪淌腮。
伤痛新亡，悲苦绕胸怀。
举目疮痍呼唤处，人心善，救星来。

八方援手力相偕，洗愁埃，去阴霾。
领袖平民，共献力和财。
待到翌年花似海，歌声暖，满楼台。

孟大川　摄于汶川县水磨镇

卜算子　嫦娥奔月①

奔月梦千年，
今日初实现。
玉兔嫦娥皓魄玩，
回首家园远。

桂酒醉英雄，
后羿拥神箭。
科技强国慰五洲，
倭寇阴魂断。

①　2013年12月15日，中国探月工程嫦娥三号发射圆满成功。

伍

法治诗考

七律　法治思维（组诗六首）①

一、良法善治思维②

亚氏③千年梦待圆，治国理政效先贤。
春风暖雨生灵喜，善治良规信仰虔。
兴制建章驱恶法，佑民束吏护私权。
立司执守和谐体，天下归心永泰然。

---

① 党的十八大以来，习近平同志多次强调，"各级领导干部要提高运用法治思维和法治方式深化改革、推动发展、化解矛盾、维护稳定能力"。"法治思维"的外延是什么？研究文献不多。笔者归纳概括为：良法善治思维、法律至上思维、程序正当思维、权利义务思维、控权保民思维、公平正义思维。为便于记忆，写成诗歌，以供教学与实践参考。此非法学科研工作，而是科研工作间的文学娱乐活动。

② 笔者《法治和谐是构建和谐社会的制度基础》一文发表于《中国党政干部论坛》2007 年第 5 期，随即人民网全文转载。值得欣慰的是，党的十八届四中全会强调"良法是善治之前提"，为法治和谐、科学立法、良法善治提供强大的政治保障。

③ 亚氏，即亚里士多德，古代先哲，古希腊人，世界古代史上伟大的哲学家、科学家和教育家，他在《政治学》里提出了一个关乎法治的著名论断："同城邦政体有好坏，法律也有好坏，或合乎于正义或不合乎与正义。"法治应包含两重意义，"已成立的法律获得普遍的服从，而大家所服从的法律又应该本身是制定得良好的法律"。

二、法律至上思维①

律大如天即国王，官家百姓共规章。

君遵条令从民意，宪具尊严树圣纲。

公器公权监督用，私财私产说明详。

心存敬畏伦常复，华夏春风送暖阳。

三、程序正当思维②

自然公正法英伦，程序如流应准循。

理性排他除恣意，可行中立避奸臣。

知情陈述权责显，平等参加利义真。

分配透明无怨怼，阳光防腐世风淳。

---

① 这里所讲的法律不仅仅是部门法，还包括宪法。"法律至上"是法治的主要特征。我国已将依法治国、建设社会主义法治国家的战略载入宪法，而法治的内涵当然包括宪法、法律至上。在这一背景下，法律至上主要包含如下含义：一是要维护宪法和法律的权威。宪法是国家的根本法，是治国安邦的总章程，具有最高的法律地位、法律权威、法律效力，具有根本性、全局性、稳定性、长期性。任何法律和规范性文件都不得与宪法相抵触。法律也应当成为全社会行动的准则。二是法律要平等地约束所有人，任何人都没有超越法律的特权，要保证有法必依，执法必严，公正司法，全民守法。三是任何公权力不得超越宪法与法律。公权力依据宪法和法律产生，并受法律的制约。任何人都不能以言代法，以权压法，徇私枉法。

② 程序的正当性包含的价值是程序的中立、理性、排他、可操作、平等参与、自治、及时终结和公开，通过正当程序的平等参与性、程序自治性和程序人道性，达到宪法的至信、至尊、至上从而实现宪法权威。程序正当作为一条重要的法治观念与宪法原则，起源于英国的"自然正义"，光大在美国，传播于全球。注重程序正当日益成为现代法治国家共同的价值取向。

四、权利义务思维[①]

天赋人权义相随，投桃报李互依规。
享权尽责官民睦，失范违章社稷危。
共利双赢皆获惠，单拼独占必生悲。
天无馅饼休贪腐，精业遵诚应作为。

[①] 权利与义务是一切法律规范、法律部门乃至整个法律体系的核心内容。它们之间的连接方式和结构关系概括起来主要有：第一，权利和义务紧密联系，相互依存，不可分割。第二，在数量上，权利和义务的总量是相等的。第三，从产生和发展看，权利和义务经历了从浑然一体到分裂对立，再到相对一致的过程。第四，权利和义务在不同历史时期和国家的法律体系中的地位是有主次之分的。例如，在等级特权社会，法律制度强调以义务为本位，义务是第一性的，权利是第二性的。而在民主法治社会，权利是第一性的，义务是第二性的。第五，根据对应的主体范围，可以将权利义务分为绝对权利义务和相对权利义务。绝对权利义务又称"对世权利和对世义务"，绝对权利对应不特定的义务人，绝对义务对应不特定的权利人。相对权利义务又称"对人权利和对人义务"，相对权利对应特定的义务人，相对义务对应特定的权利人。第六，笔者认为，从宪法、行政法的角度看，权利可分为公权利和私权利。公权利即权力。公权利与义务是浑然一体的，其权利义务即法定职责是不能放弃、不能转让、不能懈怠的，否则便是不作为或者渎职。私权利与义务往往是对应的，私权利可以放弃（如财产权等），但义务不应当放弃。

五、控权保民思维①

公权有限岂无边，恣意应该法笼眠。

职责皆由条律授，行为理当准绳牵。

私家草屋②君毋霸，官吏钱财账要宣。

牢记本源存敬畏，人民权力大如天。

---

① 控权保民，几无他人详细论述，孟大川所撰《地方党委依法执政能力现状调查与研究》有论及（中国人民大学书报资料中心《中国共产党》2007年04期全文收录，原发期刊《中共成都市委党校学报》2006年第5期）。孟大川认为：培育控权保民观念，控制权力滥用。国家权力本应是人民授予的，即由人民选出代表组成国家权力机关而制定法律，选举官员，授予权力，因而执行这种权力的人本应是人民的"公仆"，但权力的威力和易腐蚀性，使他们又极易成为社会的"主人"。千百年来，法乃治民工具，权大于法，官贵民贱是中国典型的官员的特权思想，人治权威和家长制作风极易在这种思想的沃土中滋生。因此，在依法治国、依法执政的条件下，所有权力都必须通过法律赋予，否则国家机关不得享有和行使任何权力。与此同时，任何权力也都必须通过法律来制约和控制，否则一切有权力的人都容易滥用权力，这是万古不易的一条经验。有权力的人们使用权力一直到遇有界限的地方才休止。必须"以权力制约权力"，否则公民生命、自由必然要成为滥用权力的牺牲品。湖南嘉禾强拆事件中，县委书记周余武就是这种滥用权力的典型代表。宪法是一种对权力加以控制的法律，宪政理论的核心在于控制公共权力，保障公民权利，防止执政者对权力的滥用。依法执政就是依宪执政，其核心在于依法治权，依法治官。因此，必须对各级领导干部进行以控权保民为核心的宪政观念的教育，才能变权力执政为依法执政，变管制执政为服务执政，变专制执政为民主执政，变人治执政为法治执政。

② "穷人草屋"，即"风能进，雨能进，国王不能进"的百姓的破草屋，这是英国《权利法案》施行后民间流行的一句话，表明君王权利受限制了，私有财产神圣不可侵犯，一切权力必须在法律面前低头的理念。

六、公平正义思维①

十指难齐地位同，高低贵贱共春风。

生存权利人人享，发展机缘个个逢。

参与透明防腐败，分配合理避贫穷。

消除戾气伦常复，法治遵行社会公。

---

① 习近平同志强调，"把促进社会公平正义作为核心价值追求"。公平是指按照一定的社会标准、正当的秩序合理地待人处事，是制度、系统、大型活动的重要道德品质。公平包含公民参与经济、政治和社会其他生活的机会公平、过程公平和结果分配公平。正义包括社会正义、政治正义和法律正义等。公平正义是每一个现代社会孜孜以求的理想和目标，因此，许多国家都在尽可能加大公共服务和社会保障力度的同时，高度重视机会和过程的公平。构筑一个公平、正义的社会，需要全社会长期努力，要提高全体公民的文化、道德、法制等方面的素质，使人们有渴求公平正义的意识、参与公平正义的能力和依法追求公平正义的行为。

七律　法治方式（组诗九首）①

一、建章立制②

乱象皆因法度空，行为失范起歪风。

平纷息访依规矩，打虎安民靠网笼。

国有良绳权力稳，家无善治子孙穷。

建章立制求公允，天下归心福瑞隆。

---

① 习近平同志强调："各级领导干部要提高运用法治思维和法治方式深化改革、推动发展、化解矛盾、维护稳定能力。"何谓"法治方式"，几无研究文献阐释。笔者写一短文《社会治理应当运用的法制思维与法治方式》，认为法治方式应当是建章立制、社会自治、民主表决、公开信息、决策评估、双方协商、纠纷调解、行政裁决、司法裁判。该文在《中国机构改革与管理》2014年第1期公开发表，《人民日报》刊发目录。为便于记忆，今写成诗歌，以供教学参考。

② 建章立制包括立法机关的立法、法人单位和其他组织的规章制度建设。社会主义市场经济法制体系虽然基本建立，但在行政或司法实践中，法制还有空白，还不完善，有时难以适从。因此，需要加强建章立制工作。特别是针对社会矛盾纠纷或者涉及大多数群众利益的事，更应当及时地制定与上位法不相抵触的规章制度。让矛盾纠纷在制度与规则的框架下解决，避免如有的地方的土地征用拆迁补偿价格标准十几年不变的问题，避免如桂亚宁诉中国民航局立法不作为的纠纷。

二、社会自治①

市场之手有形功，矛盾皆生管制中。

馒头②审批官行笨，蛋糕分配③母思聪。

与民休息防民变，治国宽舒育国忠。

权责合规无恣意，神州吹拂和谐风。

三、民主表决④

民意如天不可忘，暗箱专断祸萧墙。

畅通渠道听心志，闭塞贤路远忠良。

票决遵从宽宥愿，公平疗治怨尤伤。

临危处变依群众，冰雪消融见暖阳。

---

① 社会自治，即当事人出现矛盾纠纷自己处理，自行和解，通过自行处理与和解达成协议，从而化解矛盾，达到自然公正的目标。让"适合由社会组织提供的公共服务和解决的事项，交由社会组织承担"，才能真正转变政府职能，改变政府管了许多不该管、管不好的事的问题。成都市曹家巷北改拆迁工程成立的自治改造委员会，有效地发挥了群众自治的作用，有效地化解了拆迁工作中的大量的尖锐的矛盾纠纷，是值得借鉴的典型范例。

② 河南曾有省、市、县三级政府馒头管理办公室，专司馒头生产的行政审批权。

③ 分蛋糕是正当程序理念中的著名故事，即一个母亲买回一个蛋糕，面对两个儿子不亲自分配，而是设计安排了让一个儿子先切，另一个儿子先拿的程序，保障了蛋糕分配的公平公正，无论谁少得了蛋糕，都无可怨尤。这样的程序使两个儿子不仅是蛋糕的享有者，而且成为蛋糕分配的决策者。

④ 民主表决，又可称为票决或公决。在涉及众多的群众利益的问题上，决不能关门决策，决不能少数人决策。尤其是在处理社会公共利益、长远利益与群众眼前利益的尖锐矛盾时，应当在耐心做好宣传教育的基础上，充分尊重群众意愿，通过公开的民主表决的方式，建立公民的诉求表达机制，获得群众支持的最大公约数，从而减少决策实施过程中的矛盾，避免群体性事件发生后才宣布停止项目决策实施的尴尬局面。

四、公开信息①

突然事件有迷茫，百姓群中必恐慌。
开牖临风霾气散，搭台释雾语言详。
谣传止步多安定，信赖随心少祸殃。
公众知情无误导，金瓯未损沐阳光。

五、双方协商②

风云突变起刀兵，和睦为先息事宁。
细雨熏风融块垒，通情达理定纷争。
饶人可显心胸阔，让步方能愿望成。
大动干戈君莫取，善良私了路光明。

六、居中调解

互不退让事难平，矛盾双方怨怼争。
三者居中公正劝，两头相悦善良生。
合情合理应宽宥，尊法尊伦可共宁，
倾听贤人规导语，笑泯仇恨胜黄金。

---

① 公开信息，"恐慌始于流言，流言止于公开""谣言止于智者"。信息公开是增强社会自治能力与公众心理承受能力的有效路径，也是建立公民权益保障机制、防止公权力滥用的有效良药。信息公开包括：决策公开、管理公开、服务公开、结果公开。通过及时的信息公开可以充分给予公众知情权、参与权、表达权和监督权，从而及时防止谣言误导、社会误解和矛盾升级。

② 纠纷调解。近年来，随着《人民调解法》的实施，各地调解方式创新成效显著，心理干预与矛盾调处机制逐渐完善，如成都的一体两翼的大调解。人民调解、行政调解、法院调解、仲裁调解、律师调解、长者调解等的广泛运用，有效地化解了许多社会矛盾，发挥了"化干戈为玉帛"的积极作用，被世界称赞为"东方经验"。

七、司法裁判①

（一）民事诉讼

民商矛盾事寻常，难化纠纷诉国堂。
贵贱同为平等格，是非全凭理由详。
证据合法如钢链，道义充分胜巧簧。
调解始终当重视，东方经验可弘扬。

（二）刑事诉讼

罪刑法定靠公堂，检律同为卫国纲。
被告可憎仍辩护，讼师与善共炎凉。
犯科有案公平审，受害无辜正义帮。
疑罪从无良法事，透明程序众安康。

（三）行政诉讼

秋菊涉讼不荒唐，依法维权护国纲。
政府行为防恣意，私人利益免创伤。
被方举证条文定，原告期求制度帮。
民可诉官时代进，倡廉反腐靠阳光。

伍

法治诗考

---

① 司法裁判，主要指人民法院就当事人提起的诉讼，根据案件事实和法律规定，对诉讼涉及的各种问题依职权所做出的判决、裁定和决定等。司法裁判具有国家权威性和强制执行力，是定纷止争的重要手段与方式。司法是社会公正的最后一道防线，人民法院为维护群众合法权益、维护社会公平正义、维护国家长治久安提供了坚强可靠的司法保障。

陆 域外风情

七律　尼亚加拉大瀑布

横空出世聚霞烟，濯洗江河醉洞仙。
云卷银帘临地舞，鸥裁虹雨向天旋。
雷鸣浪漫磅礴美，水沸清纯操守坚。
心寄山川人自华，灵魂干净效先贤。

孟大川　摄于加拿大

陆

域外风情

七律　尼亚加拉湖滨小镇①

桃源梦境全入眼，仙界人间视角新。
湖海水深闲适爽，骄阳火热富余臻。
家居各异真童话，环境相宜少俗尘。
草绿花香空气净，米旗飘舞谢英伦。

---

① 小镇坐落在加拿大东部，美国和加拿大交界处的尼亚加拉湖边，距尼亚加拉瀑布约
25公里，曾被推选为加拿大最漂亮的小镇之一。

七律　卢浮宫

前代王宫堪宝库，绝无仅有世间殊。
爱神断臂多遐想，胜者披肝少脑颅。
万种风情藏馆涌，三珍①极致天下孤。
卢浮雕画奇观美，赤裸纯贞勿玷污。

---

① 三珍，即卢浮宫的镇馆三宝。因"宝"为仄声，故改为三珍。

七律　华盛顿印象

西方世界有长安，遥距盛唐路八千。
神殿堂前林肯坐，尖碑塔下马丁眠。
白宫草绿容民治，国会楼园护法权。
异域回眸穷万里，不同水土两重天。

孟大川　摄于美国

七绝　朝鲜行①（三首）

一、三八线

骨断筋连三八线，同根萁豆恨相煎。
谁将战火燃灾难，半岛从兹两重天。

二、妙香山

侧柏馨香妙漫山，群峰吐雾美遮颜。
普贤寺内菩提老，展馆奇珍藏万般。

三、平壤市

皇恩浩荡帝都城，万景台前百媚生。
主体塔高民众小，凯旋门阔北南争。

陆

域外风情

---

① 2006年8月中旬，笔者的研究报告《地方党委依法执政能力现状调查与研究》入选中央党校在丹东召开的政治体制改革与依法治国理论探讨会，并被指定做大会交流发言，该文后被中国人民大学书报资料中心全文收入《中国共产党》2007年第4期。会议后笔者以1100元人民币自费入朝鲜旅行考察6天，领略了妙香山、大同江的自然美景，考察了平壤等地的人文现状。绿色有机的鸡鱼肉蛋，朝鲜烤肉、宫廷御膳等也让笔者饱了口福。住的是该国最好的羊角岛饭店。朝鲜民族团结一致的凝聚力，好学奋进的上进心，排队守纪的道德风尚给人留下深刻的印象。

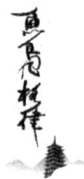

七绝　越南全景游随感（六首）

一、下龙湾海上桂林

山幻千姿立海波，船行百谷醉仙河。
斗鸡拇指皆成趣，扑面奇峰诵赞歌。

二、游河内巴亭广场

红河滋养一方人，摩托飞驭半国民。
旗舞巴亭瞻党首，疗伤革放市场新。

三、芽庄联岛游

波汹艇勇任惊呼，风暖人欢戏海涂。
邂逅大多华蜀客，芽庄异域共倾酤。

四、南越海岸即景

携手潮头涌激情，浪卷情话化涛声。
高天厚地同欢爱，雨暖云浓万物生。

五、美奈美呢

丘峰流韵红砂美，溪谷藏仙色彩奇。
仁岸观澜心海阔，人生百味便相宜。

六、胡志明（西贡）市掠影

远海腥风吹百载，外夷文化改基因。
洋楼不见初时主，开放当家土著人。

域外风情

八声甘州　海德堡①

问哲学小道向何方，迷茫有清风。

内卡河轻述，大师足迹，智慧仙踪。

古堡白墙红瓦，战火掩初容。

残破尚王气，只是龙钟。

不禁追思怀远，骑士今在否？颓废皇宫。

仰首黑格尔，辩证法巅峰。

听歌德，情予月亮，浪漫诗、意蕴永无穷。

诚期盼、前贤先哲，此处相逢。

---

① 海德堡是德国著名的文化古城和大学城，有着引以为荣的中世纪城堡，还拥有欧洲古老的教育机构之一——海德堡大学。著名的哲学家小路位于内卡河北岸的山丘上，与海德堡城堡隔河相望。在小路上可眺望河对岸的城镇风光。海德堡是浪漫德国的缩影。八百多年间，有许多思想家、艺术家和诗人来到海德堡，如哲学家黑格尔，诗人歌德、荷尔德林等。诗人歌德"把心遗失在海德堡"，马克·吐温说海德堡是他"到过的最美的地方"。

千秋岁　埃菲尔铁塔^①

傲然突兀，
赤裸钢梁架。
浪漫里，
声声骂。
情随风雨洗，
方显时光价。
塞纳水，
濯鲜世界知名塔。

新事休惊诧，
观念需转化。
论美丑，
犹冬夏。
物由凡眼看，
景自心神话。
谁信否？
巴黎情调迷天下。

---

① 法国巴黎是浪漫之都，建筑物都是低矮且富有情调的，但在市中心突然耸立起一个丑陋的、突兀的钢铁庞然大物，曾经让巴黎市民很气愤，多次想拆除埃菲尔铁塔，认为它影响了巴黎市容，是巴黎最糟糕、最失败的建筑物，而现在它却成了法国甚至是全世界最吸睛的建筑地标。

贺圣朝　堪培拉（二首）

一、格里芬湖[①]

招标公告全球召，自然人工造。
百年规划到如今，不变藏精妙。

曾经荒漠，花香鸟叫。
首都围湖笑。
功勋格氏美名留，贡献堪荣耀。

二、国会大厦

疑为乡县基层府，大国中心处。
头披绿草敬平民，首府任人顾。

不知军警，自由出入。
附身听陈诉。
透明国是要员集，议会谁权主？

---

① 格里芬湖位于堪培拉中心，是以首都建设总监伯利格里芬命名的长达 20 多公里的人工湖。

行香子　巴黎圣母院

基督神祇，宫殿雄姿。

塞纳河，圣母凝思。

唱诗萦绕，过客行迟。

丽音天籁，疑信众，几人知。

文章巨擘，功勋于纸。

小说闻，建筑名驰。

教堂业旺，雨果魂痴。

浪漫挞伐，反封建，是何时。

柒

诗友唱和

七律　石窝场记行^①

石窝晨雨浥轻尘，古镇街头庙宇新。
贞女牌坊哭礼教，摩崖碑刻蕴人文。
梯田镜映松竹绿，朝露油泽稻黍深。
荣喜重修金山寺，百年香火旺乡村。

陈前炯原玉：七律　马家沟农舍小憩

马家沟内绝纤尘，路转溪桥入眼新。
瓦黛檐红园柳弱，山青圃绿野花馨。
雏鸡学步蔷薇老，乳燕争飞茜草深。
最喜糟房香四散，今朝欲醉杏花村。

柒

诗友唱和

---

①　丙申初夏，笔者自驾回乡，专程首去石窝乡。晨步偶遇老同事前炯兄，《马家沟农舍小憩》韵以记之。

七律　忆竹峪[①]

两水交融古要津，曾谙溪畔读书声。
包台秋月携星斗，肖口艄翁渡众生。
耳贵稻丰资本富，风淳民善夜途宁。
学堂实习常追忆，从此持鞭启远程。

陈前炯原玉：冬日过竹峪

小镇从来据要津，诗中肃杀似边声。
包台月朗鸣刁斗，竹峪溪清洗甲兵。
避乱深山存孑遗，寻居灵境享清平。
营盘废垒寒冰结，胜景徘徊忆故人。

---

　　① 笔者曾在竹峪中学实习半年，拜读前炯兄《冬日过竹峪》，竹峪山水，校园童真，不禁画面跃然，情生意萦。特依老同事韵而忆竹峪。竹峪，又称竹峪关，位于万源市西北部。

七律　步乐石居《夜读》雅韵

知己难逢士不堪，骚坛邂逅喜开颜。
暂息俗务寻诗境，且遇格律亲眼帘。
法卷纷争心境淡，文群浪漫味觉甜。
唱和步韵同仁趣，高雅交流友谊间。

乐石居原玉：七律　夜读

夜读春秋苦不堪，今逢知音喜开颜。
但裁纷扰出俗镜，漫请烟霞入画帘。
志笃何愁途坎坷，率真无泯自甘甜。
繁博雅韵凭识度，一揽诗书方寸间。

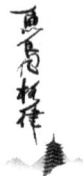

七律　答谢前炯兄贺诗步其韵和

风雨人生路漫长，功名圆满似斜阳。
无心出岫浓云怠，有意归根老叶黄。
从教清贫持道义，弃官寂寞著文章。
酸甜苦辣皆忠耿，半夜敲门也未妨。

陈前炯原玉：大川六十寿辰致贺

甲子盈周路正长，休将壮岁说斜阳。
山兰绽过莲荷秀，篱菊开前桂蕊黄。
雪月风花观胜景，歌诗辞赋阅华章。
聊乘造化循天命，岁岁平安乐寿康。

七绝　步前炯兄车中作句韵

黎明即起蜀都西，觅句乘车雅兴激。
步韵陈兄朝雾散，拙诗草就浣花溪。

陈前炯原玉：咏大川车中作句

登车得句柳城西，路入洪流诗意激。
几处红灯停逗点，诗成恰到浣花溪。

七绝　步前炯兄冬晴致友人韵

遥看川东暖日红，蜀西霾锁怨天公。
从来十里阴晴异，只把心笺寄长空。

陈前炯原玉：七绝

日照南窗火样红，冬阳送暖谢天公。
山人献曝忙相告，一晒陶然万虑空。

七绝　步前炯兄原玉韵

霾锁金乌雾掩天，梦中遥想月初弦。
欣闻故土晴空丽，更羡乡民守蔚蓝。

陈前炯原玉

白日西斜雁过天，东方已见月初弦。
彤云涌起青山丽，心似晴空喜蔚蓝。

七绝　和雨梦先生《辘轳一组》①

日有闲情细品茶，暗香涌动岂梅花。
诗园吐艳多新意，满目含菁任咀华。

老无豪气竞升华，日有闲情细品茶。
步韵大方观妙境，荡舟诗海乐天涯。

波诡云谲如梦幻，坐观浪涌任淘沙。
清风入袖书斋乐，日有闲情细品茶。

雨梦先生原玉：辘轳一组

日有闲情细品茶，慵将思念寄梅花。
而今心地静如水，一任霜风染鬓华。

贫无逸兴逐繁华，日有闲情细品茶。
老至犹伤故人远，唯将思梦绕天涯。

尘世沉浮嗟梦幻，几回乡思绕星沙。
碧湖波净心如水，日有闲情细品茶。

---

① 读"诗词歌赋"微信群雨梦先生和圆一法师大作一组，诗趣油然而生，步其雅韵而学之。

七绝　和雨梦老师
《梅花约我小桥东》辘轳体韵

一

梅花约我小桥东，万种柔情笑靥红。
诗趣油然生意韵，难书满目卉心丰。

二

诗意痴情冷蕊丰，梅花约我小桥东。
群芳未妒香如故，只愿春心共煦风。

三

迷茫浓雾暗香逢，益友芳心慰老翁。
暖月逐云寒雪远，梅花约我小桥东。

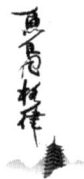

雨梦先生原玉：梅花约我小桥东

一

梅花约我小桥东，淡淡幽香逐晚风。
诗句未题心已醉，一天江雪映玲珑。

二

辜负樵夫与钓翁，梅花约我小桥东。
一生心事从君剖，难仿孤标傲玉穹。

三

老来最爱夕阳红，无悔今生岁月匆。
踏雪何辞路迢递，梅花约我小桥东。

七绝 步韵前炯君《除夕一得》

一

浓霾漫漫夜空寒，鞭炮声声好梦残。
歌舞升平辞旧岁，鸡鸣未改又一年。

二

手机含笑忘冬寒，微信联心暖世间。
群友红包欢乐戏，任他鞭炮叩窗帘。

三

离别故土已多年，不变亲情漫话栏。
命运由天常祝愿，殷殷期盼也雍闲。

陈前炯原玉：除夕一得

一

群山寂寂暮云寒，雨雪霏霏惜岁残。
夜半飞腾烟火尽，明朝梦醒是新年。

二

蜡梅凋谢小城寒，旧历新元转换间。
大地不知年岁改，东关白塔两依然。

三

边城细雨辞申年，爆竹飞烟映画栏。
拂晓登楼凝望处，疏星闪烁市街闲。

桂枝香　依蒋宁律师韵[①]

林霏秀木，沐雨露春光，绿涛相逐。
千古岷江潮涌，漩涡潜伏。
冰消雪化清如许，志奔东，灌渠流瀑。
鸟鸣蝉唱，鹰翔虎啸，鱼凫烹鹿。
喜俊才、儒风雅玉，忘年论诗章，律界新族。
后浪洪波，大器岂嗟荣辱。
花明柳暗开无路，舌枪唇剑胜丝竹。
举绳凭矩，驱邪扶正，善吟名曲。

蒋宁律师原玉：桂枝香

神鹰栖木，欲风起云蒸，六合轻逐。
曼舞长虹如练，黛天如伏。
大江掠影惊虾米，径苍穹，星河流瀑。
不徒虚羡，而今珠孕，他朝烹鹿。
意正发、群贤共辐，有亚圣苗裔，太上余族。
抚几凭空，此景陡增荣辱。
浮云玉垒今犹在，衬青城、寸松新竹。
浅吟长啸，无衣击鼓，更添新曲。

---

　　① 律协邀会，研究办刊。初逢蒋宁，宁值盛年。午餐席间，交流腹谈，学养不菲：喜古体诗，著小说丰，领律所头，实乃俊才。读桂枝香，尤遵格律，如执法绳，难能可贵。步其韵和，见笑大方。

一剪梅　步晓坤兄秋之雅韵

酷暑难当悄入秋，衣未如秋，心未如秋。
寂寥肃杀渐知秋，残荷悲秋，腐叶悲秋。
丹桂幽兰伴盛秋，月满中秋，人约中秋。
秋声如乐喜新秋，果艳金秋，稻熟金秋。

同仁晓坤兄原玉

一夜凉风已入秋，野花香秋，苦蝉鸣秋。
沿河细柳叩初秋，老树思秋，古道迎秋。
放眼山川未染秋，丹桂含秋，枫林藏秋。
薄云细雨洗新秋，人在立秋，心在清秋。

汉宫春 步辛弃疾《立春日》韵

棠靓梅香，看枝头挂露，恰似春幡。
推轩纳瑞，却遇霾雾流寒。
多情云雨，待何时，润泽田园。
节未竟，觥筹交错，依然饕餮摧盘。

但见熙熙天下，已狼奔豕突，没几家闲。
光阴匆匆转换，渐改朱颜。
痴心不变，为伊人，尽瘦腰环。
邀好友，沿河问柳，且迎劳燕将还。

辛弃疾原玉：汉宫春 立春日

春已归来，看美人头上，袅袅春幡。
无端风雨，未肯收尽余寒。
年时燕子，料今宵梦到西园。
浑未辨，黄柑荐酒，更传青韭堆盘？

却笑东风，从此便薰梅染柳，更没些闲。
闲时又来镜里，转变朱颜。
清愁不断，问何人，会解连环？
生怕见，花开花落，朝来塞雁先还。

五律　赞和盛编艺紫薇
——步薛蕙原韵

紫薇生绰约，火热续花期。
辞夏羞荷蕊，迎秋美母枝。
园林无左右，美丑有参差。
忍看红英落，情思研凤池。

薛蕙原玉：紫薇

紫薇开最久，烂漫十旬期。
夏日逾秋序，新花续故枝。
楚云轻掩冉，蜀锦碎参差。
卧对山窗下，犹堪比凤池。

捌

赋

亚圣宗谱赋

　　炎黄子孙，源远流长，凡五千年；圣公后裔，枝繁叶茂，近八十代。孔孟颜曾，沐皇恩而御赐字派；远祖孟轲，享民意而尊奉亚圣。吾族为亚圣之苗裔，孟氏乃百家之名姓。

　　族之家教，史之佳话。孟母三迁，择邻而居，堪为百代楷模；断机教子，勤学不息，遂成天下巨儒。远祖之儒学，传承于千古，影响于宇内。国之思想瑰宝，族之家教精义。仁义礼智，人之伦理标准；民贵君轻，国之仁政根本。尊贤使能，可无敌于天下；省刑薄敛，必造福于百姓。因材施教，法施其所不同；动心忍性，增益其所不能。千年宏论，国之底蕴；一代巨匠，青史永存。

　　元朝末年，红巾举义，百姓失所，天下罹乱。为避战难，祖孟相孝，自湘安化，携家来川。居通江洪口永安坝，从此子孙定居巴山。后经两代，祖孟世龙，善择良木，迁万源溪口孟家河，本族后裔渐布全川。时为孟子五十六代孙。明朝末年，八王剿川，族祖联芳，携子孙家眷，避祸马鞍寨。智勇退闯敌，至今美名传。

　　吾等数辈，生逢于动荡之秋，避乱于深山之隅，乐事于农商之业。自七十二代始，溪口孟家河，丝罗邓绪坝，十房共立派，二十字派曰："学孔思大贤，中怀仁义远，克绍宗先绪，道德必光前。"以此励志，恪尽本分，勤苦耕读，忠孝仁义，见贤思齐，教子成才。尊儒学之道义，守法制之规矩，谋利益于正途，攻学问于前沿。居庙堂则为民，处江湖亦忠君。几无害群恶徒，代有英才层出。

我侪七十五代，脱胎于困难时期，读书于"文革"动乱。虽少年恰遇苦难，累其筋骨饿其体肤；然青春欣逢盛世，脱颖出翘楚典范。北大学子，留美教授；大学校长，教学精英；专家学者，管理贤良。一群俊逸，德才俱备。不愧为亚圣后裔，堪称炎黄俊才。更喜后代新苗，家家精心培育，个个用功自强。展望不息之将来，必将弘扬圣公之光大，承袭先辈之优良，再创孟氏之辉煌！

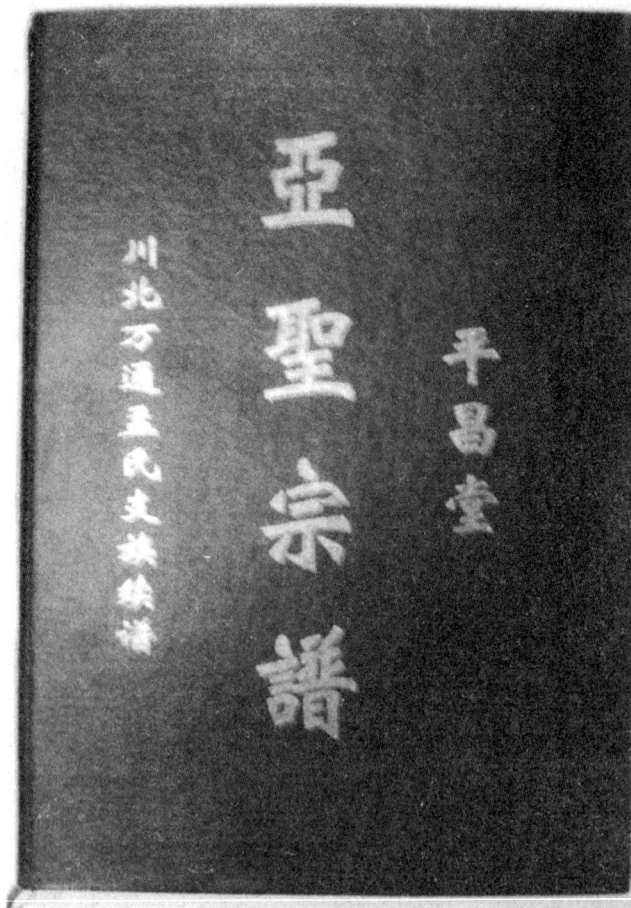

孟大川　摄于 2013 年

黄钟中学赋[①]

巍巍涌泉山，大巴山群峰之翘首，树茂林老，高峰突兀，雄视八荒。汤汤漈滩河，嘉陵江波澜之源头，水清鱼肥，激流奔涌，滋育四方。山麓下，河岸畔，山抱水润黄钟堡；田畴众，资源富，粮丰耳贵万源仓；区所地，中心镇，人杰地灵教育旺。

公元一九五八年，黄钟区兴建中学堂，名曰万源市第二中学校，简称黄钟中学或曰万二中，办三年制初中，招十九乡学子，济万源市智荒。因时渐极左，远离县城，公路不畅。大学高才生，成分黑五类，发配边远乡。故专业科班，人才济济，师资精良。恪守本分，潜心执教，师名响亮。生源考录，智聪德勤，多成栋梁。

呜呼，十年"文革"，停招停课，斗校长批老师，抢图书砸门窗。古今名著，尽流吾乡，十里借阅，皆是二中图书室之印章。密读细品，百家慧乳，饱其停课闹革命之饥肠。自一九七二年，始办高中班，兼办师训班，遂成完全中学堂。尤以共产主义劳动大学全国著名，仅次于江西，扎根涌泉山，堪为左时尚。可叹白卷徒，推荐上学堂；悲哉书香子，只做种田郎。秀才不知书，孝廉父别居。黄钟被毁弃，瓦釜可铿锵。

① 笔者于 1980 年元月分配至黄钟中学任教，同年九月兼任该校团委书记。1983 年离职进修于四川省《资本论》讲习班，1984 年元月调离黄钟中学，开始从事干部教育。

捌

赋

七七隆冬，此设考场，赛场选马，云起龙襄。八零初春，吾携书卷，赴校任教，肇入职场。十七年众名师，或回原籍或调城市，其优良师资极度匮乏。初高中各学生，皆荒启蒙皆荒基础，其知识营养严重不良。真可谓废墟之上，百废待兴。兹时每区建中学，遂更名黄钟中学校，高中生源含竹峪黄钟两区，初中招生限本区域内六乡。

　　喜盛世徐来，改革启航，长风破浪。青年才俊，挥戈跃马，正逢时光。鸡鸣即起兮校园书声朗，日落渐暗兮教室灯火亮。作业如山兮批改不马虎，教法求精兮他山常攻玉，差生顽愚兮管理求得当。抓升学比率兮师生共勤奋，争统考名次兮教学共相长，补专业充电兮吾辈自学忙。领学生打柴兮供厨房燃料，守午眠值班兮防偷泳溺亡。杏坛劳心，风华正茂成追忆；园丁沥血，桃李满园尽流芳。

　　尔后再更名，职业中学校，昔日老校园，今朝新楼房。内涵与外观，全是新模样，难觅旧时屋，往事搔鬓霜。青春不复再，白驹过隙忙。此情何可待，思念我故乡。

九寨冬色赋

四时之色，各有其美，各美其色。然九寨冬色，虽肃杀却非黯然，虽凌厉却守纯洁；虽枯萎却藏生机，虽瑟缩却生火热。

柔情冬水，壮丽奇特：高湖荡碧波，低海覆冰雪；冰柱伴瀑雨，飞流吻冰额。动静相济，刚柔互得。箭竹海半冰半水，亦波亦雪；熊猫海全封全冻，既白既洁。五花海花映雪山，雪山染色；五彩池彩羞美人，美人称绝。龙虎海寒林秀水，水雪交合，覆雪如水，水花如雪。

三瀑邀宠，绝美独特。其声有强有弱，如诗如歌，如琴如瑟；其状有冰有水，似刀似剑，似丝似雪；其势玉落九天，刀剑如梦，气吞日月。潺潺兮莺声燕语，歌飞万里；皎皎兮守身如玉，玉落银盘；巍巍兮阳刚洒脱，晶莹透彻。

置身瀑海，气息轻松清爽，脉络通达流畅，心神惬意自得。杂念私欲顷刻消弭，压力忧虑遽然纾解。乃超脱凡尘俗世，忘却宠辱贵贱，身居天上宫阙。嗟乎！弃官从教，清苦恬淡，敲门不惊，寄情山水，快哉壮哉！悔死多少豪杰！

捌

赋

九寨秋色赋

　　四时之色，各美其色，遂成景色。观九寨沟秋色：山燃激情生烈火，水纳温馨漾秋波，树披阳光争邀宠，瀑舞霓裳吟颂歌，云羞素颜羡灿烂，人恋仙界愿蹉跎。

　　激情九寨山色，其叶色多姿多彩，或守绿如翡翠，或淡黄如鹅毛，或金色如黄金，或大红如赤旗，或深紫如富贵。其势雄浑浩荡，如凯旋归来的猎猎旌旗，气吞山河，气势磅礴；如粗犷阳刚的动情雄性，情动于衷，情色兼得；激情九寨山色，其质斑斓绚丽，似雨后初霁的落日霞辉，彩漫九天，彩猎心魄。似携手情侣的优雅贵妇，珠光宝气，珠联璧合。

　　柔情九寨秋水，与游人互拥自恋，与雪山互存皎洁，与彩叶互调色泽，与长天互铸澄澈。五花海岂止五色，好色之山倒插其中，可畏万种风情，万千秋波；五彩池何必五彩，七彩少女投入怀抱，尽显风姿绰约，风韵如歌。更有飞瀑漱玉，山色映送五色，阳光投射七彩，其声势如交响乐激情磅礴，其身姿如霓裳女舞步婀娜。

　　九寨沟秋色，山帅水美，刚柔兼济，情投意合。树美湖靓，两情相依，相互衬托。山色依湖光，瀑布衬秋色，互成绝色！